神樂坂怪談

目錄

第一篇

汗點

刊載於《小說新潮》二〇一六年八月號

我接到《小說新潮》的短篇小說邀稿，是在二〇一六年五月二十六日。那一天剛好是我交出小說《別以為能被原諒》二校稿的日子。

對方算準了我交出二校稿的當下向我邀稿，讓我不得不讚嘆對方的高明，但可惜這次我打算婉拒。一來我現在的檔期實在排得太緊湊，二來這次的特輯主題是「怪談」。

我很喜歡閱讀怪談或恐怖小說，但從來不寫。原因之一，是讓讀者心生恐懼並不容易，在我看來那是一項需要特殊技術的工作。原因之二，是我實在不想寫出我在看到「怪談」二字時當下所浮現在腦海的那個親身經驗。

當我回過神來，我發現自己正凝視著如今幾乎堆滿了書的房間。

房間深處的衣櫥——不知道為什麼，那座衣櫥將空間分隔得非常細，反而很不好收納衣服——裡頭，塞著一張海報。那張海報被摺起放在廣告公司的公用信封內，封口還貼著怵目驚心的符紙。

每次搬家及大掃除的時候，我都考慮過要丟掉那張海報，但最後都沒有丟。因為如果讓自己從此再也看不到那張海報，我心裡反而會有一股罪惡感。每次我要扔掉它，心裡就會有一道聲音阻止我繼續。

「妳想忘了那件事？妳想就這麼渾渾噩噩地活著，當成那件事從沒發生過？」

我低下頭，視線轉向前方，看見了正握著滑鼠的手掌。

我稍微轉動滾輪，電腦畫面迅速捲動，一個名爲「怪談特輯企劃書」的附加檔案出現在我的面前，讓我感覺整個內臟微微收縮了一下。我的腦海幾乎是反射性地浮現了相同的念頭。

「我做不到。」

我沒有辦法平心靜氣地將那個親身經驗寫成一篇故事。

我打開企劃書的檔案，純粹只是爲了找出一個能讓我婉拒邀稿的理由。或許聲稱忙不過來是最不得罪人的理由吧，我一邊這麼想著，一邊等待WORD啓動，但是下一秒，我的動作僵住了。

〈今年的特輯是「神樂坂怪談」，將網羅以新潮社所在地「神樂坂」爲舞臺的作品。〉

抓著滑鼠的手指頓時變得緊繃，嘴裡瞬間感到乾渴。

浮現在我腦海裡的那個親身經歷，正是發生在神樂坂。

我努力告訴自己，這完全只是偶然。企劃書上也說了，神樂坂是新潮社的所在地，而且有著不少韻味十足的老街小巷，正適合作爲怪談的舞臺。但是就在下一刻，我的腦海又浮現了另一個疑問，爲什麼對方會向我邀稿？我從來沒有寫過怪談，也從來沒有說過自己想寫怪談。為什麼這個企劃的負責人會將我列入邀稿名單中？

我彷彿聽見有人對我說：

「別以為妳能忘記那件事。」

或許我的內心深處一直牽掛著那件事，卻又不敢認眞面對它。一直到現在，我還是不明白為什麼會發生那種事，也不想找出原因。因為我怕一深入追查，我會知道我當初該怎麼做（或是我可以做什麼），但我卻沒有那麼做。

我害怕內心產生「早知如此」的悔恨。因此我從來不曾靜下心來仔細思考那件事，也不曾向任何人提起。

我凝視著半空中，起身走向那間房間，輕輕拉開衣櫥，從塞滿了文件的箱子裡拿出了那枚信封。我沒有打開封口，腦海卻已浮現了那些小小的汙點。

◆

八年前，我在大學同學瀨戶早樹子的介紹下，認識了角田尙子。

當時我剛踏入社會第三年，是位於中野的一家出版社的編輯，負責的是實用、雜學及商業書籍。

那時候社群網站還不像現在這麼普及，但我還是每個月都會在社群網站上宣傳自己編輯的書，只希望能夠多少增加一點曝光率。

某一天，早樹子突然在社群網站上傳訊息給我。

〈好久不見了。妳這次負責的書，看起來也很有趣呢。對了，這位叫榊桔平的人，有沒有可能認識什麼可靠的驅邪師父？〉

當時我正在宣傳的是一本雜學書籍，內容談的是超自然現象及都市傳說。作者榊桔平是位靈異作家，經常爲靈異雜誌及探討神祕現象的mook撰稿。

〈妳說榊嗎？這我也不清楚，或許認識也不一定。〉

我沒有多想什麼，隨口回了這樣的訊息。

〈爲什麼問驅邪師父？妳遇上什麼事了嗎？〉接著我又問了這句話。

數分鐘之後，早樹子傳來回應。

〈不是我，是我的朋友遇上了一點麻煩……想請他幫個忙，不曉得方不方便？〉

於是我決定先詢問榊看看，但不管是寫電子郵件還是打電話，都聯絡不上他。他是個經常在外頭奔走尋找題材，卻不帶手機和筆電的人，因此找不到他並不是怪事。何時才能聯絡上他，我自己也不知道。我將這一點告訴早樹子，她的回答是不如她先把詳情告訴我，於是早樹子、角田及我三個人約出來見了一面。

剛好我們三人的工作地點都在地下鐵東西線的沿線上，於是我們選擇剛好位在中央的飯田橋碰面。原本我提議不如約在神樂坂，有比較多店家可以選擇，但早樹子說盡可能不想靠近神樂坂，所以我們最後選擇了一家位於飯田橋站東口的連鎖式居酒屋。我曾問早樹子爲什麼不想靠近神樂坂，她只說這正與她們想求助的事情有關，於是我沒再多問，將碰面的店家交給早樹子決定。

到了當天，我跟著店員走進包廂，看見早樹子的身旁坐著一位身材苗條的女性。那位女性的身上穿著一件看起來質感很好的外套，我正猜想她應該就是角田，她旋即起身，熟稔地朝我遞出名片。

「百忙之中將妳約出來，眞是不好意思。敝姓角田。」

她的態度非常成熟穩重，實在看不出來和我同年。我一看她的名片，她在一家廣告公司工作。她看了我名片上的出版社名稱，忽然說道：

「貴公司是不是在今天早上的《日經》及《讀賣》上刊登了廣告？」

「啊，妳剛好就是敝公司廣告的負責人？」

「不，貴公司不是由我負責，我只是今天早上剛好看報紙時看到了。」

她一面說，一面露出了世故的微笑。

「你們不用這麼拘謹啦。」早樹子說得一派輕鬆，臉上帶著些許靦腆的笑容。接著她比了比角田，又比了比我，「高中同學、大學同學。」

角田與我各自露出苦笑，不約而同地說道，「介紹得太隨便了吧。」

我們對看一眼，再度揚起嘴角。我的直覺告訴我，這位女性應該和我合得來。不管是「吐槽」時的態度還是說話的速度，都和我頗爲相似。

在進入正題之前，我們先乾了杯，閒聊了一會。我們的話題包含共同友人早樹子的往事，以及工作是否經常需要加班等等。我們聊得非常盡興。由於碰面的地點對三人來說交通都挺方便，我們甚至約好以後下班可以常常約在這裡喝酒。聊到後來，我甚至忘了爲什麼早樹子要把角田介紹給我認識。當時的氣氛就像和好朋友一起喝酒閒聊，我們還聊到了戀愛的話題。

早樹子有個從大學時期就開始交往的男朋友，那天她一如往昔，說起了男朋友的壞話。一會之後，角田順著這個話題，忽然壓低聲音說了一句「這剛好和我今天想請妳幫忙的事情有關」，帶出了今天的正題。

「我有個原本想要結婚的對象……」

我聽到「結婚」這個關鍵字，差點反射性地發出歡呼，幸好急忙閉上了嘴。因爲她使用了「原本」這個字眼，而且我從她的表情看得出來，她想說的絕對不是一件適合歡呼的事。

我在取得兩人的同意後，掏出了筆記本與原子筆。

「那個人比我大兩歲，在銀行工作。我們是在聯誼時認識的，他對我很好，個性也合得來。」

角田停頓了半晌，嘆了口氣，才接著說道：

「交往了大約半年左右，我們都有了結婚的念頭。如今回想起來，或許有點操之過急了。」

「啊，不過我能體會你們的心情。剛開始交往半年左右，正是最想結婚的時候。」

早樹子接著露出自嘲的笑容。

「這句話從我口中說出來，是不是很有說服力？」

早樹子和男友的交往已邁入第五年，以「愛情長跑」來形容實在相當貼切。她剛剛才向我們發牢騷，說她和男友已經完全沒有結婚的動力了。角田看著早樹子那戲謔的表情，也跟著忍俊不禁。

「後來早樹子介紹給我們一個聽說非常準的算命師。」

「噢？叫什麼名字？」

我忍不住將身體往前湊。這可以說是我的職業病。當時正是靈異類書籍的全盛時期，許多算命師都出了書，我心想既然是號稱很準的算命師，或許我也聽過名字。

但是早樹子的回答卻有些顛三倒四。

「我不知道她的名字，只知道她有個綽號叫『神樂坂之母』……外表看起來就只是個相當平凡的大嬸，身上穿的也是小碎花長版上衣，不是什麼怪模怪樣的長袍。就連髮型也是大嬸很常見的燙捲髮，那叫什麼髮型來著……小捲燙？總之就是像那樣的外表，但是她的臉上完全沒有笑容，而且眼神非常銳利，整個人散發出一種可怕的氣勢。妳知道神樂坂那個十字路口嗎？就是有一家樂雅樂餐廳及賣牛丼的松屋那裡。她就在那附近一棟公寓的四樓開業，但是她相當低調，既沒有招牌，在網路上也沒有設立網站。」

「既然這麼低調，妳是怎麼知道這個算命師的？」

我問早樹子。

「我也是從朋友那裡聽來的，聽說很多政治家和演藝人員都會偷偷去找她算命。」

「這麼說來，是只有內行人才知道的門路！」

我興奮地說道。如果這個算命師還沒有出過書，或許我能成爲她的第一本書的責任編輯。

「她現在還在當算命師嗎？」

「好像已經不開業了。」

我一聽，不禁有些失望。雖然在網路上應該也能查到一些眉目，但要委託出書會變得困難得多。我一邊心裡想著回去要趕快查一查，一邊隨口朝早樹子問道：

「妳也讓她算過了？」

其實我並不是眞的想知道這個問題的答案，只是想找一句話來避免冷場而已。

「嗯，可以這麼說。」早樹子一時之間眼神游移，回答得有些呑呑吐吐。我頓時醒悟，這是她現在不太想觸及的問題。或許她所問的事，正與那個「愛情長跑」的男朋友有關吧。我不再追問，趕緊改口：

「抱歉，打斷了妳的話。後來呢？角田小姐也去見了那位算命師？」

我轉頭面對角田。

「啊，嗯……」角田顯得有些慌張，她端正了坐姿。

「對，我去了。我和那個原本想要結婚的男友，兩個人一起去找她算結婚後會不會幸福。」

她一臉憂鬱地低下了頭，接著說道：

「結果她信誓旦旦地跟我們說『會變得不幸』，甚至還說『最好不要結婚』……我嚇了一跳，什麼話都說不出口。那是我第一次找眞正的專家算命。在那之前，我原本以爲算命師只會說一些客人想聽的話。」

「我明白。」

我輕輕點頭。雖然我不曾與任何算命師有過工作以外的往來，但從前有個算命師向我提過一種名爲「Cold Reading」的算命技巧。

「Cold」在這裡是「沒有事先準備」的意思，而「Reading」則是「讀」的意思，引申爲「看穿」或「判斷」。簡單來說，「Cold Reading」的意思就是在沒有任何相關資訊的前提下，僅憑客人的外貌及談吐應對，猜出客人的個人資訊或內心想法。一旦說中，客人往往會非常驚訝，內心納悶「你怎麼會知道這些」，進而相信眼前的算命師擁有異於常人的能力。

當初告訴我這個技巧的算命師還跟我說，除了猜出客人的個資及想法之外，還要同時說出一些「客人應該會想聽的話」。如此一來，客人就會開開心心付錢，認爲眼前的算命師「實在有兩把刷子」。一個人會找上算命師，通常是遇上了兩難的抉擇。這種時候算命師只要猜出對方想聽的答案，告訴對方「你應該這麼做」就行了。

當然我相信並不是所有算命師都採用了這種話術。但我完全能夠理解角田當時沒有意料到算命師會那麼說，因而大感錯愕的心情。

「我們聽了之後當然心情很差，心裡想著早知道就別來了，可是我們沒有辦法改變算命的結果，何況是我們自己來找她算命的。所以我還是乖乖道了謝，準備付錢離開……沒想到我男朋友突然大發雷霆，他大聲辱罵那個算命師是胡言亂語的騙子……過去我從來沒有見過我男友像那樣破口大罵，心裡著實嚇了一跳。他那個反應帶給我的驚嚇，甚至超過了聽見算命的結果。我心裡忽然覺得很不安，不曉得該不該和這個人結婚。」

角田一臉疲倦地說完了這一大串話，灌了一大口啤酒。接著她把酒杯擱在桌上，重重吁了口氣，彷彿想要將鬱積在身體裡的髒東西全都吐出來。

「最後我男友拉著我的手，離開了算命師的店，連錢也沒付。而且接下來他一整天都在說那個算命師的壞話。我聽他念個不停，愈聽愈是心煩。原本我以爲他是我的眞命天子，如果要結婚的話，他是唯一人選。但自從發生這件事之後，我對他的熱情瞬間涼了半截。」

角田不停以拇指在杯口抹來抹去，彷彿想要抹去那些記憶。

「所以我半開玩笑地對他說『不如我們分手算了』。我以爲既然算命師說了那種話，趁這個時候分手最不傷他的自尊心……沒想到那卻造成了反效果。他氣得直跳腳，凶狠地瞪著我，罵我怎麼能相信那種臭老太婆的胡言亂語，還說如果我要和他分手，他就死給我看。」

我忍不住嚥了一口唾沫，不曉得此時應該怎麼反應。如果她只是把從前的荒唐戀愛史當成笑話來說，這時我大可以笑著說一句「天啊，太扯了」。但是我的腦中一直記著她「想找驅邪師父」這個當初找我見面的主旨，以及最後她男朋友所說的「死給妳看」這句話。我心裡暗叫不妙，一時之間不知該表現出什麼樣的態度。

「到了下一次見面的時候，我男友的手腕竟然包著繃帶。他對我說雖然自殺失敗了，不過下次如果我又提分手，他一定會徹底結束生命……就在那個當下，我心裡連最後一絲喜歡他的心情也消失了。接下來的日子，我滿腦子只想著該怎麼做才能與他和平分手。」

角田說到這裡，嗓音忽然微微顫抖。我本來以爲她會開始啜泣，但她並沒有哭，只是緊咬下唇。

我不禁心想，這件事情一定讓她相當難過吧。原本是論及婚嫁的情侶，感情卻完全變了調。正因爲愛得深，內心所受的傷害想必也大。「提分手就自殺」這種話，已經是徹頭徹尾的威脅與恫嚇了。她的男朋友完全不尊重她的個人意願，只是單方面一意孤行。像這樣的做法，當然會讓彼此之間的信賴關係蕩然無存。

「我眞的不知道該怎麼辦才好。心裡很想跟他分手，卻又怕他自尋短見。我不知道他是不是眞的有尋死的念頭……雖然我猜他只是嚇嚇我而已，但也怕他受到打擊後一時想不開，眞的做出傻事……我煩惱了很久，最後還是決定收回想要分手的那句話。」

角田接著問我，遇上像這樣的事情該怎麼處理才好，我卻一句話也回答不出來。「既然已經提了分手，就應該狠下心腸斷個乾淨」這種話或許說起來振振有詞，實際做起來卻相當困難。

「後來我們每次見面，氣氛都很沉重。有時他還會三更半夜打電話給我，說我如果不立刻去見他，他就要自殺。雖然他有車，但他通常是在喝了酒之後才會產生偏激念頭，所以沒辦法開車來找我……可是我沒有車也沒有駕照，只好每次都搭計程車趕到他家。我心裡很煩，在他面前也不敢表現出來。他看見了我，有時還會問我是不是討厭他，不想和他見面了……就算我再怎麼告訴他沒那回事，他還是不會死心，只會不斷要我說實話。有一次我老實跟他說，明天一大早我還要出門上班，不希望他像這樣突然說要見我，他竟然哭了起來，說我把工作看得比他更加重要……」

「唉，遇上這種人眞的很糟糕。」

早樹子用力搔著頭說道：

「我已經聽過好幾次，每次聽都覺得那傢伙眞的是沒救了。尙子，妳已經盡力了。要是我的話，一定更早就和他斷絕關係了。」

「不過，或許早點斷絕關係才是正確的做法。」

角田一臉無奈地望著早樹子。

「早知道會是這種下場，或許打從一開始就應該狠狠拒絕他。偏偏我就是心腸太軟，還是持續跟他見面……」

角田沒有繼續說下去，但我已猜到她指的下場是什麼了。她的男友最後大概眞的死了。正因爲如此，她才會沒辦法笑著說出這件往事，而且也才會與「驅邪」扯上關係。

「有一天，他突然對我說，如果我沒有在晚上十二點前到他家，他就要自殺。」

角田遲疑了片刻之後，繼續說了下去。

「但是那天我實在不想去。我一想到這種生活不知道得過到什麼時候，一想到他不知道在打什麼主意，我就有一股想要拋開這一切的衝動……何況我隔天還有個重要的簡報，這種看不見盡頭的折磨實在讓我覺得很疲累。」

「妳男友呢？他隔天不必上班嗎？」

我勉強擠出了這個問題。

角田有氣無力地低頭說道：

「最後那一陣子，他幾乎沒有上班。」

「最後那一陣子」這句話讓我忍不住緊緊握住了手中的原子筆。我彷彿感覺有一股力量壓迫著我的胸口。

「那天我沒有回信，直接關掉了手機。我實在很想改變當時的狀況，我沒有辦法再忍受那樣的關係……我告訴自己，只要關掉手機，今天我就可以好好睡一覺，不必再去他家，不必聽他發牢騷一整個晚上。我可以在自己的房間裡好好安眠，爲明天的簡報養足精神……雖然我心裡這麼想，但我還是整個晚上沒辦法闔眼。不過我一直到最後都沒有打開手機，隔天早上直接去了公司，順利結束了那天的簡報……到了午休的時候，我才打開手機。我本來心驚膽跳，以爲會看見好幾十通未接來電，沒想到打開來電通知畫面一看，他竟然完全沒有打給我……我感到有些驚訝，卻也鬆了口氣。早知道這麼簡單，應該早點這麼做才對。」

角田說到這裡，忽然停頓了片刻。我看見她的喉嚨上下蠕動，接著她才繼續說道：

「那天晚上，他的家人打電話給我，說他過世了。」

根據目擊者的證詞，角田的男友在神樂坂開著車子由坡道下方往上前進，突然在空曠的地方大轉彎，撞上神樂坂仲通的電線桿，就這麼慘死在車內。不過他那天沒有喝酒，所以並非酒駕事故。警方最後也研判他應該是自殺。

「我感覺好沮喪，好自責……」

角田如此呢喃：

「我好後悔那天沒有乖乖去他家……但最讓我感到自責的一點，是我心裡有個念頭在告訴自己，『這也是沒辦法的事，畢竟我不可能一輩子跟他維持那樣的關係』……這樣的念頭讓我有很深的罪惡感。」

「但我也認爲這確實是沒辦法的事。」

我忍不住安慰她。這是我的眞心話。就算那天她乖乖聽話照做了，終有一天還是會無法忍受。更何況這件事情從頭到尾都不是她的錯。

「我同意剛剛早樹子說的。角田小姐，我也認爲妳已經盡力了。我相信這件事情一定帶給妳很大的創傷，短時間之內心情沒辦法平復⋯⋯」

「不，妳誤會了。」

早樹子忽然打斷了我的話。

「這件事情並沒有就這麼結束。對吧，尙子？」

角田動作僵硬地點了點頭，微微張口說道：

「我在公司裡負責的是交通廣告⋯⋯」

「交通廣告？」

「例如電車車廂裡掛在天花板中間的廣告海報之類。我們將廣告刊登權賣給客戶，並且協助處理後續的設置事宜。」

我不知道角田爲什麼突然提這個，只能順著她的話應聲。她接著說明起了交通廣告的販賣機制。

首先，廣告公司會公布「這條電車路線的這個位置的廣告，刊登多少天要花多少錢」之類的資訊，並且尋找願意購買的客戶。廣告形式有很多種，除了天花板海報之外，還有小貼紙、車門邊的海報，以及車身廣告等等。廣告刊登時間也有長有短，從兩天、一星期到一個月都有。

以東京地下鐵爲例，這些廣告刊登物都會先被送往位於神樂坂的一處集中倉庫，在那裡分發給各路線的作業員，作業員再將這些刊登物帶到各路線的起點站，同時進行更換作業。

而且在大部分情況下，廣告公司也會參與製作廣告刊登物，依照客戶要求，設計出合適的刊登物版面。角田負責的主要工作，只到將完成的版面檔案送至印刷廠爲止。接下來只要確認刊登物印完之後是否平安送達集中倉庫，以及是否按照既定日期設置完成就行了，並不必全程參與。

某一天，一家委託了車門邊海報的客戶忽然打電話來抱怨，說是海報上有汙點，角田於是立即趕往集中倉庫。

「海報上有很多小小的汙點，就像是以沾了深紅色墨水的毛筆在上頭甩過一樣。」

那些汙點並不起眼，乍看之下還可能誤以爲是海報原本的設計，但仔細比較每一張海報，會發現沾上汙點的位置都不一樣。有些汙點還沾在客戶的公司名稱上，怪不得客戶會生氣。

如果是垂吊式的天花板海報，由於紙張裸露在外，還有可能是刊登後才沾上污漬。但是車門邊的海報是放入海報夾板內，所以污漬一定是打從一開始就存在。

角田趕緊向客戶鞠躬道歉，並且在確認過海報狀況後立即聯絡印刷廠重新印製。印好之後，她當場確認新的海報沒有問題，並且親自送往集中倉庫。

「雖然找不出原因，但客戶說我處理得很快，也就不跟我追究了。」

由於極可能是印刷廠在印刷過程中的疏失，印刷廠也願意負擔重新印製的成本。

沒想到接下來又發生了好幾次相同的情況。

「而且每次都是我負責的東西出問題。我試過換一家印刷廠，每次將成品送往集中倉庫之前，我也會再三確認……但總是會在設置之後發現汙點。」

「什麼樣的汙點……？」我問。

角田從公事包內取出了一張海報。那是一張清涼飲料的廣告，年輕女明星仰著頭，暢飲寶特瓶內的飲料。

我看見女明星的臉上有一些汙點，看起來有點像是一顆顆的痣。雖然每一個汙點都不大，但若要置之不理，卻又太過明顯。

「看起來很不舒服，對吧？」

早樹子接著角田的話說：

「上次我參加高中同學會，聽尙子提起了這件讓人心裡發毛的事情……而且當時還有個女同學打了個很可怕的比方。」

「很可怕的比方？」

「那個女同學說『簡直像是現代版的菜販阿七』。」

菜販阿七是實際存在於江戶時代的人物，因爲被井原西鶴拿來當作《好色五人女》的題材，因而廣爲人知。

阿七是菜販店老闆的女兒，發生天和大火的時候，店面被燒毀了，阿七只好跟隨父母暫時借住在一座名爲正仙院的寺院裡。在那段期間，阿七與在寺院內擔任住持侍從的庄之介陷入了愛河。不久之後，遭焚毀的店面重建完畢，阿七一家人於是搬離了寺院。但是阿七實在太過思念庄之介，爲了能夠與庄之介再見上一面，她竟然縱火燒掉自己的家。她以爲只要把家燒掉，自己就能回到寺院與庄之介相聚了。

這樣的縱火動機聽起來實在很不可思議，但也正因爲如此，反而成了一篇有趣的故事。在以犯罪動機（Whydunit）爲主要謎底的推理小說裡，也常出現仿效菜販阿七的劇情。如今「菜販阿七」幾乎已成爲「爲了心愛之人而犯罪」的代名詞。

「那個女同學認爲是死去的男友思思念念著尙子，爲了能夠再見到尙子的面，才藉由把海報弄髒的方法，逼迫尙子前往神樂坂。」

「這麼說起來確實有道理。東京地下鐵的廣告刊登物都會先被送到神樂坂的集中倉庫，如果刊登物出了什麼問題，我就一定會前往神樂坂。」

角田臉色凝重地跟著說。

看來角田和早樹子都認爲這是過世的角田男友所引發的靈異現象。但我實在是無法相信這種論點，因爲在海報上製造汙點並非人力不能做到的事情。

搞不好是某個活人基於某種目的而故意弄髒了那些海報……這樣的推論更能讓人信服。

或者應該說，我沒有辦法囫圇吞棗地相信所謂的靈異現象。一來我從不曾親眼看過鬼魂或超能力，二來我在接觸介紹靈異現象的書籍時，也讀了不少試圖爲靈異現象作出合理解釋的書籍。

例如明明沒有人，物品卻會自行移動位置或發出奇怪聲音的騷靈現象（Poltergeist），其實很可能是地盤下陷或水管損壞所導致。又如玩碟仙時手指會自己移動位置，可能是參與者的潛意識或肌肉疲勞所造成的結果。閱讀這種分析超自然現象背後原因的書籍，所能獲得的快感就類似閱讀推理小說的結局。

當然我不否認世界上還是有很多難以解釋的事情。同時我也不排除世界上眞的有鬼魂或超能力，只是我沒有遇上而已。但是在面對超自然現象時，我還是希望能夠事先尋求現實中可以說得通的理由。

「原來如此，確實有可能是前男友的鬼魂作祟。」

我先下了這個前提之後，才小心翼翼地提出我自己的看法。

「不過……有沒有可能是集中倉庫的管理人員或作業員在背後搞鬼？」

「不可能。」

角田說得斬釘截鐵。我不禁有些退縮，但還是勉強說道：

「我的意思並不是那個人對妳心懷恨意或想要捉弄妳，我只是想說或許那個人有著完全不同的動機……」

「我不是認爲這種事不可能發生，但是……」

角田打斷了我的話。她沒有繼續解釋，又從公事包裡取出一個小型放大鏡。那個放大鏡乍看之下有點像是相機鏡頭，但我一看就知道那是放大鏡，因爲那跟我平常使用的放大鏡一模一樣。書籍封面或海報上的彩色印刷，上頭的各種顏色都是由紅、藍、黃、黑這四色的網點交錯組合而成，我經常需要使用放大鏡來檢查這些網點是否完整，以及位置是否有偏差的狀況。

我在角田的示意下，接過放大鏡仔細觀察海報上的汙點。下一瞬間，我倒抽了一口涼氣。

那些看起來像是由黑、紅兩色墨水混合而成的汙點，竟然是由無數文字所聚集而成。

道歉！道歉——

我霎時感覺全身寒毛直豎。

現在連我也不得不承認，這確實不是人力能夠做到的事情。組成汙點的那些字都是手寫字跡，並非印刷字體。而且那些字實在太小，人手絕對無法寫得出來。

「我想他一定很恨我那天沒有理會他的要求吧。」

我整個人傻住了，角田從我的手中將放大鏡取了回去。

「他叫我道歉，但是他已經死了，我該向誰道歉？我曾經試過到他的墳前向他道歉……但是同樣的事情還是一再發生。」

道歉、道歉、道歉……妳必須爲無視我的命令道歉！

難道這眞的是死者在作祟？

我感覺一滴冷汗在背脊上滑落。

——但是到底要怎麼道歉、對誰道歉，才能讓他消氣？

角田再度低頭望向自己的公事包。我忍不住沿著她的視線望去，發現她正在看著榊的著作。

「所以我才想請這本書的作者榊先生幫幫忙……介紹一個可靠的驅邪師父。」

我再也找不到任何理由可以否定她的想法。

於是我當場拿出手機，打電話給榊，但還是無人接聽。直到三天後，我才終於與榊取得了聯繫。

果然不出我所料，他又出遠門蒐集寫作題材，卻忘了帶手機。他口沫橫飛地告訴我，他聽說有一間旅館連續有人死於非命，但前往現場一查，才發現根本沒有什麼異常之處。

我打斷他的話頭，向他說明了想請他幫忙的事。

「眞有妳的。」

他興奮地說道：

「能不能遇上這麼有趣的案例，考驗的是一個人的運氣。運氣好是不請自來，運氣不好的人就算走斷腿也找不到一件。妳太厲害了，記妳一個大功。」

我聽他說得嘻皮笑臉，不禁想數落他一句「別拿別人的危難來開玩笑」。但我不得不承認，榊這幾句話確實也讓我感到心情輕鬆不少。畢竟看了榊那副興致勃勃的模樣，連我也開始覺得這似乎不是什麼值得大驚小怪的事情。

於是我立即帶著角田交給我的海報，拜訪了榊的辦公室。

「噢，這可眞有意思。」

榊發出一派悠哉的讚嘆聲，看起來簡直像是正在鑑定一幅畫的畫廊老闆。

「這太棒了，好久沒遇上這麼有趣的案例了。」

即使親眼看見了海報，榊還是沒有流露絲毫懼意，這讓我不禁覺得自己挑了一個非常可靠的求助對象。有了他的幫忙，或許要解決這件事情並不困難。

「如果你認識什麼值得信賴的驅邪師父，請務必介紹給我們認識。」

「畢竟我在這行混，當然有些門路。」

榊氣定神閒地點了點頭，從堆滿紙張及書本的桌上挖出了名片整理冊。我朝那裡頭瞥了一眼，只見大部分都是寫著姓名、電話號碼及地址的便條紙，只偶而會看見一張名片。

「但妳得先跟我說明整件事的來龍去脈。」

榊一邊翻著名片整理冊的頁面，一邊對我說：

「依狀況不同，須要委託的專家也不一樣。」

「有那麼多專家？」

「每個專家的專業領域都不太一樣。」

「專業領域……」

那是個令我難以想像的業界。

於是我翻開了這三天陸續整理的事件筆記，將事情的始末說了一遍。說完之後，我抬頭一看，原本氣定神閒的榊竟然皺起了眉頭。

「……榊先生？怎麼了嗎？」

「沒什麼……」

榊凝視著名片整理冊，嘴裡咕噥了一句。我本來以爲他會繼續說下去，但他再也沒有作聲。

「有什麼不對勁嗎？」

我這麼問道，但榊還是沒有答話。數秒鐘之後，他突然闔上名片整理盒，舉頭朝我望來。

「接下來我要說的話，只是我個人的推測，不保證一定是對的。」

他的語氣突然變得相當嚴肅。

「……你看出什麼了？」

「首先讓我感到納悶的一點，是那個男人在神樂坂開著車『由坡道下方往上前進』。」

榊凝視著我。就在四目相交的瞬間，我驀然察覺榊這個人很少有這樣的舉動。榊雖然平常口氣輕佻，但說話時很少看著他人的眼睛。

「依照神樂坂那條坡道的交通規則，車子在半夜十二點到中午十二點之間只能往東走，也就是下坡；在中午十二點到半夜十二點之間只能往西走，也就是上坡。換句話說，如果那男人的車子是沿著神樂坂往上開，那一定是在半夜十二點之前。」

經榊這麼一說，我才回想起從前曾聽計程車司機提過這件事。由於我自己既沒有車子也沒有駕照，所以不曾在意過。

對了，當初角田也說過她沒有駕照。或許正因爲如此，所以她也沒有察覺這一點。

「這代表……」

榊輕輕點頭。

「沒錯，那個男人並不是因爲角田小姐沒有在十二點之前赴約而選擇自殺。」

我瞪大了眼睛，內心頓時感到鬆了口氣，但是下一秒，另一個疑問浮上心頭。

——如果是這樣的話，那個男人爲什麼會在開車的時候突然急轉彎？

「既然如此，那個男人的死因到底是什麼？」

榊似乎看穿了我的心思，接著說道：

「第二個讓我感到納悶的疑點，是男人撞上的電線桿位在神樂坂仲通上……那個十字路口距離算命師的公寓很近。」

「算命師？」

我聽見這毫不相關的字眼，忍不住眨了眨眼睛。

「你指的是角田小姐和她的男朋友一起拜訪過的那個算命師？」

榊以幾乎難以辨識的微小動作點了點頭。

「我或許知道那個算命師。」

「咦？」

「綽號叫『神樂坂之母』，外表看起來是個平凡的大嬸，身上穿的是小碎花長版上衣，髮型是小捲燙，臉上完全沒有笑容，眼神非常銳利，在神樂坂的某公寓幫人算命，既沒有招牌，在網路上也沒有設立網站……我也只聽過這號人物的傳聞，並沒有親眼見過……但如果他們找上的算命師眞的是那個人物……」

榊舔了舔嘴唇，視線游移了數秒後說道：

「那個算命師碰不得。」

碰不得這個字眼雖然籠統，卻充分傳達了榊的言下之意。

「碰不得……？」

「那男人或許惹火了那個算命師……所以那天才會在十字路口看見了某種不該看見的東西。」

榊低聲呢喃。

我感覺到一股寒意沿著身體往上竄升。

如果榊的推論是眞的……

或許男人的死因根本不是自殺。他是爲了逃避某種東西的追趕，才會緊急轉彎……最後死於車禍意外。

下一瞬間，我又驚覺另一件事。

倘若這才是眞相，那句「道歉」的含意顯然與我們原先的認知有所不同。

——**向那個算命師道歉！**

快點向她道歉！不然連妳也會死！

前男友刻意把角田引誘到神樂坂，會不會是基於這個目的？

或許那根本不是作祟，而是善意的提醒。

「當然也有可能完全是我想岔了。但我認爲與其找騙邪師父，不如趕緊向那個算命師道歉看看。」

於是我向榊道了謝，立即起身打電話給角田。雖然她應該也在工作中，但這種事畢竟愈早傳達愈好。

我先打了她的手機，但她沒有接。我又打電話到她上班的公司，她的同事卻說她今天請假沒有來。我向榊告辭，離開了他的辦公室之後，以手機打了一封解釋這件事的電子郵件。打完了之後，我重新檢視自己的文章內容，修改了一些用字遣詞。在寄出這封信之前，我心想不如再打一次電話試試看。沒想到就在我切換畫面的瞬間，手機響了起來。

來電者是早樹子。她告訴我，角田在昨天深夜突然一面尖叫一面往馬路上狂奔，就這麼被車子撞死了。

我心裡很猶豫，不曉得該不該把榊的推測告訴早樹子。但我最後沒有說，因爲介紹那個算命師給角田的人，正是早樹子。一旦她得知兇手可能是她介紹的算命師，或許她會感到相當自責。

但有一點讓我非常擔心，那就是早樹子自己也曾找那個算命師算過命。據說當時她問的是該不該與那個「愛情長跑」的男友繼續交往，所幸算命師的回答是「應該繼續交往，千萬不能分手」，所以雙方沒有爆發口角。

最後早樹子還購買了經過那個算命師加持的符紙，據說能夠增進情侶的感情。離去之時，算命師還對他們說「歡迎你們隨時再來找我算命」。

我把早樹子的情況告訴榊，他的反應是「如果是這樣的話，她應該不會有危險」。我一聽，這才放下心中大石，差點整個人坐倒在地上。因爲我請榊協助調查那名算命師的下落，卻連他也查不到任何線索。在想要道歉也沒辦法道歉的狀況下，倘若得知早樹子也有危險，那可眞的是束手無策。一想到可能會演變成這樣的事態，我便忍不住冷汗直流。

後來據說早樹子也沒有遇上過任何難以解釋的靈異現象，就這麼平平安安地過了兩年。

那陣子我因爲搬到了郊區的關係，下班之後沒什麼機會邀她一起喝酒，但即使如此，我們還是平均數個月會見面一次。有一天，她在見面時告訴我，她已辭去了工作，準備到英國留學。

除了對新生活的期待之外，她還提到她趁這個機會向男友提出分手，男友這陣子剛好也正沉迷於新的興趣中，竟然沒有反對，就這麼答應了。當她在說這件事時，臉上雖然帶著苦笑，但看起來一副無憂無慮的模樣。

沒想到就在半個月後……

早樹子在準備離開日本前往英國的數天前，竟然遭遇車禍而喪生了。在參加她的守靈時，我聽到了一個傳聞。早樹子在臨死之前，據說是一邊尖聲大叫，一邊衝到了馬路上。

在得知這件事之後，我實在是百思不得其解。爲什麼連早樹子也死了……？

如果這完全只是一場偶然，共通點實在是太多了。不管是角田的前男友、角田自己，或是早樹子，全都死於車禍意外，而且在發生車禍前，都曾突然改變車子方向或是尖聲大叫。

但角田及她的前男友也還罷了，至少早樹子應該是不曾惹怒算命師才對。

難道「因爲惹怒算命師所以遭到殺害」這個假設是錯的？

但如果這不是眞相，那麼眞相到底是什麼？如今距離早樹子死於非命，已過了六年，我還是無法找到這個問題的答案。當然我也不知道那個算命師如今在哪裡，正在做什麼。

我只知道一件事，那就是我當時作了一個錯誤的判斷。我應該把榊的推論告訴早樹子才對。就算這會讓早樹子爲角田的死感到自責，我還是應該這麼做。我應該確實傳達榊的想法，並且再次確認她找算命師算命時的對話內容與種種細節。

如此一來，或許我們能夠找出眞正的原因……早樹子也就能夠逃過一劫。

我寫到這裡，忽然醒悟了我過去一直刻意不去想這件事的理由。

或許打從那個時候起，我的心裡就隱約想到了一個可能性。正因爲如此，我才逼迫自己別去深入思考。

◆

早樹子在死亡的前一瞬間，到底看到了什麼？當時她的內心有多麼恐懼與害怕？

我知道當我開始思考這個問題，我就再也無法維持自己的理性了。一旦當我開始追究這個問題的答案，我就會被強烈的無助感吞噬。

這就有點像是每個人都會在日常生活中刻意避免思考「死亡」。一旦開始思考，本能就會阻止自己繼續這麼做。因爲如果繼續往前進，就再也無法回頭了。

「不想知道」與「應該要知道」的兩種矛盾心情在我的心中僵持不下。

倘若錯過了這次的機會，我肯定又會將這件事深埋在心底，以每日繁忙的生活爲藉口，對這件事視而不見，假裝自己並不在意。

因此我最後決定寫出這件事。

如果有哪一位讀者「曾經聽過類似的傳聞」或是「知道這號人物」，請務必聯絡《小說新潮》編輯部。

第二篇

委託驅邪的女人

刊載於《小說新潮》二〇一七年二月號

在《小說新潮》刊載了〈汙點〉的三個月後，自由作家鍵和田君子打了一通電話給我，說她讀了我那篇作品。

我與君子是從前與榊合作的時候，在偶然的契機下認識。雖然她的年紀比我大了不少，但她不僅個性隨和而且樂於助人，所以我在辭去出版社的工作後，還是與她維持著往來。過去我每次出書的時候，她都會告訴我感想，有時我們也會單獨約出來喝茶聊天。不過這次我的〈汙點〉還只是刊載在雜誌上的階段，並沒有出版單行本。這是她第一次這麼快就告訴我感想，令我有些驚訝。她向我解釋，這是因爲當初發生〈汙點〉這件事情時，榊曾經詢問過她是否知道那個算命師的底細，令她留下了印象，從那次之後，她就一直對此事抱持著興趣。

最近她剛好因其它事情而與榊聯絡，兩人在閒聊時又聊到了這個話題，因此她還特地找來了過期的《小說新潮》，讀了我的作品。

「妳發表這篇作品之後，有沒有收到什麼新消息？」

從君子那憂心忡忡的語氣，可以聽出她確實是在爲我擔心。可惜到目前爲止，幾乎可以說是石沉大海。不，正確來說我收到了幾位讀者提供的感想，但沒有任何讀者提出了關於那件事情的有用訊息。

「畢竟只是刊載在文藝雜誌上，並沒有出版成書，讀到的人可能相當有限吧。」

君子輕輕嘆了口氣。

她嘴裡呢喃著「或許有其它蒐集資訊的方法」，接著陷入了沉默，數秒鐘之後，她突然說道：

「不如妳乾脆再寫幾篇如何？」

「再寫幾篇？」

「嗯，再寫幾篇怪談，湊成一本短篇集，應該就能讓更多人讀到這篇作品。」

我眨了眨眼睛。

原來如此，這確實是個好主意。只要出一本「怪談」短篇集，就能吸引更多讀者，而且是喜歡怪談的讀者。既然喜歡怪談，聽過相關傳聞的可能性也會大增。

但是下一刻，我想到自己完全沒有任何可以拿來寫怪談的題材。要湊成一本書的分量可不是容易的事，我哪來那麼多題材可以寫？

「為什麼不問人？」

君子的口氣中帶著些許納悶。

「妳可以問我，問榊先生，或是問其他朋友或編輯，到處向人詢問，要湊成一本單行本應該不難吧？」

雖然君子說這句話時絲毫不帶責備的語氣，我卻不由得感到耳根發熱。顯然我又產生了想要逃避的念頭，而且被她看穿了。

到頭來，我寫〈汙點〉或許只是爲了獲得「我已經盡了力」的滿足感而已。我只是想要告訴自己「我已經主動嘗試蒐集資訊」，而不是眞正想要發掘眞相……

我想到這裡，君子忽然又沉著嗓子對我說：

「除非妳確信自己一定能做到，否則我建議妳還是要找人幫忙。否則的話，當發生意想不到的狀況時，妳可能會後悔太過相信自己。」

「後悔」這個沉重的字眼令我一時之間張口結舌，說不出話來。

但是數秒之後，君子卻又以自嘲的口吻說道：

「……我自己就曾有過讓我非常後悔的事。」

「咦？眞的嗎？」

「啊，對了，那件事跟榊先生也有關呢。」

君子的語氣帶了三分驚訝，似乎不明白自己爲何這時才想到。

「那已經是將近十年前的事了……」

◆

那是在夏天終於完全結束，氣溫逐漸轉涼的某一天。

刺耳的電話聲讓君子從睡夢中醒了過來。首先映入眼簾的東西，竟然是桌上型電腦的鍵盤。一時之間，君子感覺腦袋一團混亂，不明白自己置身於何處。

直到看見桌上堆積如山的資料，君子才想起昨晚爲了處理一件緊急的工作，不得不睡在辦公室裡。自百葉窗的縫隙射入的晨曦，令君子忍不住皺起了眉頭。原本只是想小睡片刻，怕躺在沙發上會睡得太熟而一覺到天亮，所以才選擇趴在桌上睡。沒想到這一睡，還是睡到了早上。君子帶著懊悔的心情接起了電話。

「太好了，終於打通了。」

對方的聲音相當低沉，但勉強可以聽出是女性的嗓音。那嗓音令君子感到相當陌生，不過君子心想，既然對方知道這支電話的號碼，應該是與自己在工作上有所往來的人物吧。

「君子老師，有件事想請妳幫幫忙。」

女人接著說道。君子聽她好像馬上就要說出想請自己「幫忙」的事情，趕緊搶著問道：

「抱歉，請問妳是哪位？」

「啊！」

女人忽然發出一聲輕呼：

「眞是不好意思，我太急躁了，竟然忘了說。我叫平田千惠美。」

平田拉高嗓音報出了自己的全名，但君子還是不曉得這個人是誰，只好接著問道：

「眞是非常抱歉，能請教妳的公司名稱嗎？」

「啊，君子老師，妳誤會了。我是妳的粉絲。」

女人這麼回答。

粉絲？

君子一時愣住了。腦海裡浮現了一個疑問，「什麼的粉絲？」

自己雖然是一名作家，經常以筆名在雜誌及書籍上發表文章，但並沒有負責任何連載作品或特別的專欄。而且自己也沒有所謂的專業領域，任何題材都曾寫過，不管是美容、戀愛、商業，甚至是靈異主題，全都來者不拒。雖然自己頗受出版社編輯器重，但那是因爲自己遵守截稿期限且內容言之有物的關係，若問自己擁有什麼魅力能夠吸引固定粉絲，就連君子自己也回答不出來。當然這只是個人風格的問題，君子倒也並沒有因此而感到自卑。

「呃……妳的意思是說，妳讀過我寫的文章？」

「是啊，就是關於作祟松的那一篇。」

「作祟松……啊，原來如此。」

那是數個月前，君子在某本mook的靈異特輯上發表的文章。不過那篇文章只是整理及介紹西千葉車站前的著名「鬧鬼」景點而已，內容本身並沒有什麼新意。平田卻興奮地說：

「那篇文章好有意思，原來世界上眞的有鬼魂作祟這一回事。」

君子雖然感覺心情有些複雜，還是說了一句「謝謝」。

對方也應了一句「不客氣」。就在這時，君子的內心忽然產生了一個疑問。對方是怎麼知道這個電話號碼的？自己雖然以「自由作家鍵和田君子」的名義在網路上設立了網站，但沒有記載電話號碼。

「請問妳怎麼會知道這個電話號碼？」

「我打電話給出版社，跟他們說我有工作想要委託君子老師，他們就把妳的電話號碼告訴我了。」

「工作？」

自己確實曾告訴過編輯，如果遇上有人想要委託工作，可以直接將自己的電話號碼告知對方。君子望了一眼桌面置物架上的時鐘，這時才剛過八點半。仔細一想，出版那本mook的出版社和其它出版社比起來，上班時間特別早，八點半就開始上班了。如此說起來，這個自稱姓平田的女人是一等出版社開始上班就打電話問出了自己的電話號碼，接著馬上就撥打了電話給自己。

但君子心想既然對方想要委託工作，總沒有理由拒之於門外。就在君子拿起筆記本及原子筆的時候，平田接著又說道：

「是的，我想委託君子老師幫我驅邪。」

兩人之間維持了數秒鐘的沉默。

原本正準備在筆記本上記下重點的原子筆尖在半空中游移。

君子抬起頭來，問了一句：

「什麼？」

「我想請妳幫我驅邪。」

平田的口氣增添了幾分焦躁。

「我遭到詛咒了。」

她如此聲稱。君子還來不及阻止，她接著又一口氣說出了詳情。她說她有個長年纏綿病榻的父親在今年過世，不久之後祖母也往生了，後來她就常常遭遇鬼壓床，而且經常生病……君子聽她說個沒完，趕緊說了一句「請等一下」，但平田完全沒有理會，繼續說著「這樣下去我就死定了」，語氣幾乎已接近怒吼。

「平田小姐，請妳冷靜一點。」

「但是，老師……」

「我不會幫人驅邪。」

君子心想這一點一定要趕緊澄清才行，因此以最快的速度說了出口。平田本來還想開口說話，一聽到君子這麼說，驚訝得把話呑回了肚子裡。

兩人之間再度陷入沉默。

——怎麼會有這麼好笑的事？

君子握著話筒，內心不禁感到莞爾。由於對方的態度相當認眞，爲了避免過於失禮，君子強忍住了笑意。但一想到天底下竟然會有人想要找自己驅邪，君子就忍不住想要笑出聲音。過兩天如果把這件事情告訴熟識的編輯，他們一定也會捧腹大笑吧。

「呃……所以我可能沒有辦法幫上妳的忙，請妳找別人吧……」

「不然這樣好了，請妳介紹一個可以幫忙驅邪的人。」

平田打斷了君子的話，提出了另一個要求。

「既然妳會寫那樣的文章，應該有些門路吧？」

「這個嘛……」

原本君子想要接著說「倒也不是沒有門路」，但是話到嘴邊，趕緊又吞了回去。平田接著又說：

「這可是人命關天的事情，請別再拖拖拉拉，趕緊想個辦法吧。」

口氣中帶了三分指責之意。

「我不是在拖拖拉拉……」

平田的這句話，令君子也不禁微微動了怒意。就算自己有門路，也不能隨便介紹給突然打電話來的陌生人。

「我跟妳說，介紹不是那麼簡單的事情。我完全不認識妳，只不過在電話裡說過幾句話，要怎麼幫妳介紹？」

「可是……」

平田或許是聽出君子的口氣改變了，也顯得有些慌張。

「受詛咒的人並不是只有我而已。現在已經擴散到我丈夫及兒子身上了……」

「妳的家人也遇上了鬼壓床？」

君子問出這個問題其實並沒有開玩笑的意思，平田卻氣呼呼地回答：

「怎麼可能！」君子不禁有些摸不著頭緒。鬼壓床這個字眼也是平田剛剛自己說的。

「我丈夫發生了車禍意外，我兒子也是從前天起就有些古怪……如果他們兩人有什麼三長兩短，妳負得起責任嗎？」

平田的怒斥聲雖然並不尖銳，聽起來卻相當刺耳。君子不禁皺起了眉頭。

「如果眞的像妳說的，妳和家人都受到了詛咒，那我更不能隨便幫妳介紹了。何況我對妳這個人一無所知，想介紹也不知從何介紹起……」

「我不是說過我姓平田嗎？」

「不是只要知道名字就行。」

「如果妳想拿我的事當成寫作題材，我也不會阻止。」

「我不是那個意思……我不知道妳的狀況有多麼危險，如果隨便幫妳介紹，讓對方惹禍上身，我才不知道該怎麼向對方負責。」

「判斷這種事情不也是妳的職責嗎？」

君子不禁覺得頭痛起來，什麼時候這種事情變成自己的職責了？

老實說，君子實在不想與這樣的人扯上關係。如果不馬上進行驅邪或其它緊急處置，馬上就會有性命危險的話，或許嚴詞拒絕有些不人道，但至少從平田的語氣聽來，還不到那麼危急的程度。

「我想妳可能誤會了，我並不是這方面的專家。如果妳想找能夠驅邪的人，或許妳可以向祭祀氏神（註）的神社求助。」

「神社？」

君子只是基於一般常識提出建議，平田卻激動得大聲尖叫。君子愣了一下，忍不住將話筒稍微移開耳邊。一會之後，話筒另一頭傳來了較細微而模糊的聲音：

「已經去過了。」

「什麼，已經去過了？」

「已經去過了！而且我還誠心誠意地道了歉！但是狀況完全沒有好轉……」

「道了歉？」

君子狐疑地問道。但是平田一改原本如連珠炮般的說話方式，忽然陷入了沉默。

君子重新抓緊話筒，問道：

「妳說道了歉是什麼意思？妳做了什麼事？」

「……我踩到了狗尾巴。」

「什麼？」

君子聽見這完全出乎意料之外的回答，忍不住拉高了嗓音。

「什麼狗尾巴？」

「是狛犬……我踩到了狛犬的尾巴。」

「噢，原來妳說的是狛犬。」

君子點了點頭，內心還是感到有點莫名其妙。

「呃……妳踩到狛犬的尾巴，然後呢？妳把它踩壞了嗎？」

「絕對沒有！我絕對沒有踩壞！」

註：氏神指的是同一家族或居住在同一區域的居民所共同信仰的神祇，通常會祭祀於特定的神社內

平田慌忙否認。

「我不是故意要踩的。只是有點沒站穩，不小心踩到一下。」

平田的口氣相當慌張，彷彿遭君子誤解會讓自己惹上天大的麻煩。

君子嘆了口氣，說道：

「我能理解妳擔心對神佛之像不敬會遭到詛咒的心情，但只是踩了狛犬的尾巴一下，不可能會遭到詛咒的。」

「可是……」

「我哥哥小時候還曾經誤以爲狛犬是公園裡的大型玩具，騎在上頭玩耍了好一會，現在還不是活得好好的，完全沒有遭到詛咒的跡象。」

「可是……」

平田似乎還想要反駁，卻只是不斷重複著「可是……」這句話。

君子再度輕聲嘆息說：

「我猜情況應該是剛好相反吧？並不是因爲妳踩了狛犬，所以運氣變差；而是因爲妳發現最近運氣很差，拚命想找出原因，最後才懷疑到狛犬的頭上。」

這是很常見的狀況。甚至可以說，像這樣的「牽強附會」正是詛咒、作祟這類傳說的根源。

以平田所讀的那篇文章裡所提到的「西千葉的作祟松」爲例，那一帶原本是刑場，種植松樹是爲了祭祀遭處死的人，因此傳說若把松樹砍掉，災厄就會降臨。當初把松樹挖除的施工人員死於非命，蓋在該地的醫院院長也死於非命，後來改建的綜合商業大樓也發生過多起怪事……雖然類似這樣的謠言時有所聞，但是砍掉松樹的行爲與後來發生在該地的靈異現象並沒有直接關聯。大家把這兩碼子事聯想在一起，只是因爲「搞不好是松樹作祟」這個理由聽起來煞有其事而已。至於這兩者是否眞的有因果關係，到頭來誰也不知道眞相。

驀然間，君子想起了昨晚還沒有完成的稿子。轉頭一看時鐘，這時竟然已過了九點。

——糟糕！

君子趕緊站了起來。

「抱歉，我現在沒有時間，沒辦法繼續聽妳說下去……」

「沒有時間的是我！」

君子一句話還沒有說完，平田已搶著說道。她愈說愈是焦躁，情緒也愈來愈激動，嘴裡咕噥著，「要是在妳推三阻四的時間裡，俊文有什麼閃失的話……」接著她還主動向君子解釋，俊文是她的九歲兒子，今年就讀國小三年級，個性有點頑皮又有點愛撒嬌……

君子迫於無奈，只好敷衍著說道：

「好吧，我明白了。總之我一定會給妳時間說明，但不是現在……」

「沒有時間了！」

平田已幾乎陷入對君子的話完全充耳不聞的狀態。

「趕快幫我介紹！」

她只是反覆這麼說著：

「我已經到神社道了歉，卻還是一直遇上鬼壓床！我還曾經帶著俊文，搭了好久的電車，專程到東京一個交通很不方便的地方，向一個靈媒求助！但是那個靈媒完全不聽我好好說明，只說一切都是我的心理作用！」

「這個我晚點也會給妳時間說……」

「聽說那個靈媒說的話很準，卻原來是個騙子。看來這種事情還是得向更加專業的人求助才行。」

兩人的對話幾乎是雞同鴨講。君子只是不斷重複著「晚點我會好好聽妳說明」，平田的嘴裡卻繼續嘀咕著「如果不認識就不能介紹，那我可以把我家的地址告訴妳……」

「我不是那個意思！」君子聽平田開始念起了群馬縣的地址，趕緊制止她。

平田一愣，竟又說道：

「如果妳不相信，我還可以寄居民證的影本給妳看。」

「對不起，是我的說法讓妳誤會了。不是我認不認識妳的問題，而是我基本上不做這種介紹。」

君子試著改變說法，平田卻還是不死心，繼續追問：

「妳說基本上，那表示還是有例外，不是嗎？」

「不，沒有例外。總之我就是不會介紹任何人給妳。」

「但妳不是認識會驅邪的人嗎？既然認識，爲什麼不肯介紹？」

「不管怎麼說，我不能在未經對方同意的情況下，把對方的聯絡方式告訴妳。」

「那妳先跟我說妳的地址吧。」

君子完全想不透自己爲什麼得跟這個女人持續這樣的對話。就在兩人的對話像鬼打牆一樣大繞圈子的時候，時鐘上的指針已過了九點半。君子忍不住搔了搔頭。

——現在可不是做這種事的時候！

如果不立刻結束這通電話，趕快把工作完成，恐怕眞的會開天窗。

「總之我們晚點再談。」君子拋出這句話，硬生生地放下了話筒。過不到三十秒，電話鈴聲再度響起。君子本來想要置之不理，但電話鈴聲響個不停，實在無法好好工作。君子嘖了一聲，再度接起電話，說了一句「請妳下午再打來。」然而電話另一頭的平田還是堅持要郵寄居民證作爲證據。

君子爲了趕緊結束對話，最後抱著半自暴自棄的心情說出了辦公室的地址。

「如果妳那麼想寄居民證給我，那妳就寄吧。等我收到了，我們再來詳談吧。」

君子的內心只把這句話當成了緩兵之計。

掛斷電話後，這次電話終於沒有再響起。君子暫時鬆了口氣，趕緊寫起了尚未完成的稿子。接下來的幾個小時，君子不知抽了多少根菸，終於在十二點五分左右完成了稿子，並且寄送出去。

君子累得仰頭倒在沙發上，內心卻萌生了一股悔意。那個女人顯然是個相當麻煩的人物，自己實在不應該輕易把辦公室的地址告訴她。但是一躺下來之後，君子霎時感覺到一股強烈的睡意竄上心頭，不知不覺便進入了夢鄉。

君子再度醒來，是因爲聽見了門鈴聲。

刺耳的聲響讓君子全身一震，幾乎自沙發上跌落。

「大概是快遞吧。」君子心裡這麼想著，按下對講機的按鈕，問了一聲「哪位」。

沒想到從對講機傳出的聲音，正是數小時前在電話裡聽見的聲音。

「君子老師！寄送太花時間，所以我直接來拜訪了。」

君子的手指還停留在對講機的按鈕上，整個身體卻僵住了。

沒想到數個小時前才掛斷電話，如今對方竟然已經從群馬縣來到了東京……

乾脆裝作沒人在家好了……君子的內心產生了這樣的念頭。雖然剛剛自己已經說了一句「哪位」，要裝作不在家似乎太牽強，但如果繼續回應，自己的住址就會完全被對方掌握。對方特地大老遠來到東京，以這樣的方式對待她似乎太過失禮，但畢竟保護自己的安全比禮貌更加重要。更何況對方詢問地址，原本只是說要郵寄居民證，沒想到竟然在沒有事先告知的情況下擅自跑來，這種行爲本身就已太過失禮。

君子刻意保持沉默，過了半晌，對講機關閉了畫面影像。君子躡手躡腳地往後退，不敢發出半點聲響。就在這時，門鈴聲再度響起，宛如是在制止君子繼續往後退。

與當下氣氛格格不入的電子鈴聲迴盪在室內，畫面上再度出現門口處的影像。君子伸長了脖子，觀察影像中的人物。

那女人的外貌相當普通，令君子感到有點意外。看起來年紀應該是在三十五歲到四十歲之間。臉上沒有化妝，身上穿著一件卡其色的野戰風格外套。以女人的年紀而言，這樣的穿著打扮似乎有點太休閒了，但還稱不上不合時宜。女人身旁還跟著一名男孩子，身高約到女人的肩膀。男孩子背著書包，似乎是一放學就直接從學校帶過來了。聽說現今小學生的書包已沒有「女生紅色、男生黑色」的硬性規定，但男孩子背的還是相當傳統的黑色書包。這對母子看起來相當平凡，如果不是有了剛剛在電話裡的那些對話，君子一定不會覺得他們有什麼奇特之處吧。

「君子老師？妳在裡面，對吧？」

平田拉高了嗓音：

「妳剛剛不是跟我說話了嗎？」

君子皺起了眉頭，心裡猶豫著不知該不該堅稱對方認錯人了。只要告訴對方「這裡沒那個人」，對方或許就會以爲是搞錯地址了。當然接下來對方一定又會打電話來騷擾，而且那支電話平常編輯也會打，所以不可能不接，但這次只要堅持不告知地址就行了。

君子正打著這樣的算盤，沒想到辦公室裡的電話忽然在這時響起。君子心裡想著暫時先不接好了，然而就在下一秒，對講機傳來了呢喃聲，「果然是這裡沒錯。」

君子皺起眉頭，心裡暗叫不妙。顯然電話的鈴聲已透過對講機的麥克風傳了出去。

「君子老師？妳沒事吧？」

平田的呼喚聲愈來愈大。從對講機傳出的聲音與直接從門口傳進來的聲音互相重疊。

「君子老師……俊文，怎麼辦？老師好像也出事了。媽媽想辦法找人來救她，你在這裡等一下，好嗎？」

平田這兩句話不知道是故意說給君子聽的，還是眞的在爲君子擔心。到了這個地步，也只能讓他們母子進來了。既然沒辦法讓平田知難而退，也只能盡量在不激怒她的前提下請她離開。

「啊啊！」

君子一打開大門，平田忽然發出驚呼：

「老師！幸好妳平安無事！」

「……抱歉，剛好有事分不開身。」

戒心與尷尬讓君子忍不住低下了頭。

「啊啊，眞是太好了！要是連老師妳也有個三長兩短，我就眞的不知道該怎麼辦才好了。」

平田輕按著自己的胸口，態度顯得有些誇張做作。母子倆一走進門內，君子還沒有發話，三人甚至還沒有在沙發上坐下，平田已迫不及待地說起了遭詛咒的前因後果。

君子聽她說起她的父親及祖母在今年相繼去世，這是早上在電話裡已經聽過的內容，忍不住插嘴，「這些妳早上都說過了，不用再提一次。」

平田愣了一下，沉默片刻之後又說：

「遭到詛咒的人不是只有我而已，現在連我的丈夫和兒子也遭到波及了。」但這句話早上在電話裡也講過了。

「呃……妳說妳丈夫出了車禍？」

君子在一旁搭話，希望能加快平田的說明速度。平田瞪大了眼睛，大喊一聲：

「沒錯！老師，妳眞厲害！妳是怎麼知道的？」

君子還來不及回答「聽妳說的」，平田已頻頻點頭，嘴裡咕噥著「果然找老師幫忙是正確的決定」。

「等等，我可還沒有……」

「我丈夫是在前天傍晚發生車禍。」

平田毫不理會君子的發言，自顧自地解釋了起來。

「他說他那天有點發燒，提早下班回家。但是他的症狀並沒有嚴重到不能開車，所以那天他是自己開車回家的。開到一半，他突然聽見砰的一聲，簡直像是有什麼東西突然爆炸的聲音。」

「平田小姐，我先跟妳說……」

「根據我丈夫的說法，那個衝擊眞的來得相當突然，一時之間他完全不曉得發生了什麼事，腦袋一片空白。一陣手忙腳亂之後，當他回過神來，他發現自己正緊緊抓著方向盤，腳底下踩著煞車。」

平田一口氣說到這裡，才準備要坐下。

「一點小東西，不成敬意。」她想起自己帶了一盒糕餅當作伴手禮，於是朝君子遞出。

「謝謝，但我不收禮。」君子再三推辭，平田卻不肯收回，「我突然前來叨擾，給老師添了不少麻煩。這點小東西，只是聊表我的歉意。」君子心想，原來妳也知道給人添了麻煩。正感到驚訝，平田已將糕餅的紙盒塞進君子的手裡。

「我丈夫當時也不知道恍惚了多久的時間，當他恢復理智時，嚇得臉色蒼白，心裡猜想一定是撞到東西了。」

平田突然又將話題拉回丈夫的車禍上。

「但是車子並沒有撞上護欄或電線桿，前後也沒有其它車輛，剛剛到底是撞到什麼了？」

平田說到這裡，語氣逐漸變得沉重。

「我丈夫一邊發抖一邊走下車子查看。周圍一個路人也沒有，所以找不到目擊者可以詢問剛剛到底發生什麼事。我丈夫鼓起了很大的勇氣，才下定決心查看車子的車頭及前輪。剛剛自己撞到的東西，到底是人、狗、貓，還是其它動物……？我丈夫不敢再繼續想下去，勉強抬腳走到車子的前方……但是車頭附近什麼也沒有。」

君子聽到這裡，微微揚起了眉頭。不過並不是平田所描述的內容令人震驚，而是平田的描述方式比君子原本的預期要條理分明得多。

像她這種做事不按牌理出牌的人，君子原本以爲她說起話來一定也是顚三倒四，沒想到她說話的方式竟然清楚易懂，簡直像變了一個人。

「雖然車頭有點凹陷，但是地上和車頭都沒有半點血跡，只不過……」

平田故意停頓了一下，彷彿接下來將宣布重大案情。

「距離車身約兩公尺遠的草叢裡，竟然有一條細細的短皮帶，看起來像是小型狗的項圈。」

君子正等著平田繼續說下去，卻看見平田流露出一副正在觀察自己有什麼反應的眼神，忍不住將上半身往後縮。

「這麼說起來，妳丈夫是撞到了一條狗？」

「當然不是。」

君子只是說出了合理的推論，卻遭平田毫不遲疑地徹底駁斥。

「我不是說過了嗎？這可能是狛犬的詛咒。」

平田的口氣相當不耐煩，簡直像是老師遇上了一個資質駑鈍的學生。

「狛犬的詛咒……」

君子愣愣地重複了一次對方的話。

「沒錯！故意在我丈夫的面前放一條狗項圈，不正是最明顯的暗示嗎？」

平田說得斬釘截鐵。

君子忍不住仔細打量眼前這個女人。如此荒唐的推論，反而讓君子不知該如何駁斥。

顯然平田是因為狗項圈的關係，聯想到了狛犬，然而事實上狛犬根本不是狗。有一派說法，認為狛犬源自於佛教習俗中，放置在佛像前方的兩頭石獅子。這個習俗是從印度沿著絲路傳入日本，因此有了「狛（現在的朝鮮半島）來的狗」這種俗稱。實際上狛犬的額頭長著角，是一種幻想中的動物。

君子正煩惱著不知該如何說明，平田忽然將身體湊了過來，說道：

「自從發生這起車禍之後，我丈夫就經常感覺肩膀又痛又僵硬。」

平田的口氣簡直像在訴說著一件天大的祕密，君子不禁暗自苦笑。

「那個……應該只是車禍造成頸椎受傷的症狀吧？」

「不！是狛犬的鬼魂附身在我丈夫身上，引發了車禍。」

「鬼魂？鬼魂也會戴項圈嗎？」

「當然！」

平田點了點頭。不管君子再怎麼暗示，她還是沒有察覺自己的論點有多麼荒腔走板。君子的內心再度感到萬般無奈。

平田所描述的狀況，若依照一般常理來推論，多半是她的丈夫因爲發燒導致意識模糊的關係，不小心撞到了一條狗。但那條狗在被撞到之後傷勢並不嚴重，因此在丈夫下車查看之前，就逃離了現場。這個推論可以合理解釋爲什麼現場找不到車禍受害者。至於丈夫在車禍之後經常感覺肩頸疼痛，當然是因爲車禍的衝擊造成肩頸受了傷。

「抱歉，請問妳曾聽過『芒花變幽靈』（註）這句俗諺嗎？」

「芒花什麼……？」

「芒花變幽靈。原本以爲是幽靈，但仔細一看，才發現其實只是枯萎的芒草花穗。這意思是說，一旦開始疑神疑鬼，就算是一些平凡無奇的小事也會覺得很可怕。」

平田用力皺起眉頭，說道：

「……君子老師，難道妳認爲我在說謊？」

平田仰頭凝視君子，眼神中充滿了哀怨。

「我並不認爲妳在說謊。」

君子聳肩說：

「但我不得不說，妳似乎已經把『遭到詛咒』當成了思考的前提。」

「沒那回事。妳想想，我丈夫明明撞到了東西，卻什麼也沒看到……這不是受到詛咒

註：原文作「幽霊の正体見たり枯れ尾花」，是一首俳句，意思是一旦心裡開始疑神疑鬼，就連枯萎的芒花也會看成幽靈。

是什麼？」

「妳丈夫什麼也沒看到，或許是因爲車禍的衝擊讓他一時傻住了，因此被撞的東西趁那個時候逃走了。」

「車禍的加害者逃走還可以理解，受害者怎麼可能會逃走？」

君子心裡想著「如果受害者是一條狗，那就有可能」，但已懶得說出口。到頭來，這個女人只是想要藉由「詛咒」來說服自己而已。對她來說，「詛咒」不能只是一種可能。在她的前提裡，「詛咒」必須是最後的結論。

這樣的心態，讓君子聯想到了所謂的「自我感覺型陰陽眼少女」一詞。由於聲稱自己擁有陰陽眼的人以思春期的少女居多，所以才有了這樣的稱呼，但類似的現象並不見得只會發生在年輕女性身上。

實際上的案例五花八門，有些人聲稱「看得見鬼魂」，有些人聲稱「能夠感覺到鬼魂的存在」，還有些人聲稱「能夠與鬼魂對話」。所有的案例都有一個共通點，那就是當事人都主張「自己的感官能夠接收到其他人無法接收到的事物」。可是大部分的情況下，這只是爲了表現出自己與眾不同的一種手法，因此絕大部分案例都必須在稱呼上強調是「自我感覺型」。

但是「自我感覺」與「說謊」並不能劃上等號。在許多案例裡，當事人是眞的相信自己能感受到「特別的東西」。

「我丈夫在小的時候曾經出過車禍，導致腿部骨折，因此他經常對我們強調車子有多麼可怕。而且他開車非常謹愼小心，也常告誡這孩子『絕對不能突然衝到馬路上』。像他這麼小心的人，就算有點發燒，也不可能自己開車肇事……一定是我所受的詛咒擴散到他的身上了。」

平田勉強擠出這幾句話，緊緊咬住了嘴唇。

君子忍不住轉頭望向坐在平田身邊的俊文。他低頭不語，縮起了身子，一副愧疚的模樣。

君子看了，不禁爲俊文感到同情。

俊文多半並沒有完全相信母親的話吧，但是他不敢告訴母親自己不這麼認爲。他跟著母親來到了君子的辦公室，卻沒有辦法秉持與母親相同的態度與立場。君子心想，至少爲了俊文著想，還是別當著他的面，對母親的言論表現出嗤之以鼻的態度比較好。

「原來如此，那俊文又遇上了些什麼樣的怪事？」

君子刻意保持溫柔的口吻。平田激動地將身體湊過來，一副「妳這問題問得好」的表情，「他被狛犬附身了。」

君子忍不住想要問一句「狛犬不是已經附身在妳丈夫身上了」，但最後君子將這句話硬吞回肚子裡，只是敷衍地點了點頭。

平田似乎察覺了君子臉上表情的微妙變化，輕輕一推俊文的肩膀說：

「俊文，你也有這種感覺，對吧？」

俊文無奈地點了點頭。不，與其說是點頭，看起來更像是沒有反抗母親的推力，因此身體往前傾斜。

「俊文被狛犬的鬼魂操控了。」

「被鬼魂操控？」

「他在三更半夜偷偷溜出了家門。幸好過了不久之後，我們就發現他不在房間裡，趕緊出去把他找了回來，所以沒有釀成大禍。」

「噢……」君子應了一聲，轉頭望向俊文，只見他依然垂著頭，撥弄著自己的指尖。君子的內心不禁有些猶豫。問題若問得太明白，對俊文也不是一件好事。最後君子只問了一句，「真的是鬼魂附身的關係嗎？」

「絕對不會有錯。」

平田說得信誓旦旦。

「因爲俊文完全不記得這件事。我們問他爲什麼三更半夜溜出家門，他一直堅持不知道、不記得。」

「會不會是睡迷糊了，下意識做出這種事？」

「他可是穿上了鞋子，跑到了離家五十公尺外的地方。一個睡迷糊的孩子有可能做這種事？」

君子心裡想著「並非不可能」，但是更令君子在意的另一個可能性，是俊文很可能是意識清醒地刻意偷偷溜出了家門。他可能想要瞞著父母親做某件事，卻被父母親發現了，所以才辯稱自己不記得。

「我可以問個問題嗎？俊文離開家門時，身上是否帶著錢包？」

「錢包？沒有，他並沒有帶錢包。」

「原來如此。」君子簡單應了一聲。若是沒有帶錢包，就不可能是偷偷出門買東西。當然也有可能是與某人偷偷相約在外頭見面，不過在這個當下，明確指出這個可能性或許不適宜——君子正這麼想著，平田又開口：

「當時他身上只帶著一個破掉的護身符。」

「破掉的護身符？」

君子揚起了眉頭。平田轉過上半身，從手提包裡取出了一個白色的護身符。君子正要接過來看，動作卻頓時僵住了。

那眞的是一個破掉的護身符。

以淡櫻花色絲線繡著「身體健康御守」字樣的護身符表面，染上了一些茶褐色污漬，邊緣有一些彷彿遭受過拉扯的輕微破損。雖然還不至於露出護身符袋裡的東西，但連縫在袋口的白色繩索都被扯斷了，散成一條條絲線。

「爲了不讓俊文遭受詛咒的危害，我才讓他帶著這個護身符。我把護身符別在俊文的書包上，每天早上都對著護身符祈禱，希望它能夠保佑俊文平安無事……我還記得那天早上，護身符還好端端地別在書包上，沒想到到了晚上，上頭的繩子卻被扯斷了，還有遭到踐踏的痕跡……我問俊文爲什麼護身符會變成這樣，他也說不知道、不記得……我猜應該是因爲有護身符的關係，俊文才沒有遭遇不測。但是詛咒的威力實在太強大了，連護身符也變得破破爛爛……」

君子聽到這裡，也不禁爲俊文感到憂心。但那並不是因爲相信了平田的主張，而是因爲這很可能是人爲造成的結果。

繩子被扯斷了，護身符上頭有遭到踐踏的痕跡……這單純意味著繩子曾遭人拉扯，護身符曾遭人踐踏。

——會不會是俊文在學校受到了欺負？

君子自己在讀國小的時候，也曾有一小段時間遭受同學欺負。君子記得很清楚，當時自己想盡了辦法對父母隱瞞這件事。

不過倒也不是不想讓父母擔心，就只是單純不希望被父母知道而已。不想讓父母認為自己是個在學校會遭受欺負的孩子。現在長大了，君子當然明白任何人都有可能遭受欺負，這並不是什麼可恥的事情；但小時候的自己還故意將課本及筆記本丟掉，以免被父母看見上頭遭塗鴉的痕跡。

——這孩子會不會也是因為護身符被同學弄破了，不希望讓父母看見，所以打算三更半夜偷偷拿到外頭丟棄？平田說她每天早上都會對著護身符祈禱，這意味著只要趁半夜裡將護身符丟掉，就不會被發現。

君子接著又轉頭望向俊文身邊的黑色書包。那書包的表面也是布滿了刮痕。當然書包在國小男生的使用下，變得傷痕累累似乎也不是什麼奇怪的事情。然而那書包連側面的皮帶也斷了，實在有點不太尋常。小學生的書包是一種預計要使用六年的東西，所以都設計得非常堅韌耐用。依這書包的破損情形，很可能是曾經受強大外力拉扯所導致。

平田接著又說：

「不僅如此，而且俊文的腳上還有原因不明的瘀青。」

——瘀青？

「我問他在哪裡撞傷了，他還是說不記得。而且那瘀青看起來明明很嚴重，我一摸，他卻說完全不痛。」

平田一邊說，一邊捲起俊文的褲管。君子一看，不禁倒抽了一口涼氣。

那是一塊相當嚴重的瘀青。

差不多有成年男人的拳頭那麼大，而且腫成了紫紅色。

「……到醫院檢查過了嗎？」

「我想帶他去醫院，他卻說一點也不痛，所以不想去。」

平田一臉困惑地放下了俊文的褲管。平田的手指碰到腳上瘀青的瞬間，君子清楚地看見俊文的臉上露出了懲氣的表情。

——果然還是會痛。

但是如果喊疼，母親一定會將他帶去醫院。一旦進了醫院，母親就會知道那只是單純的瘀青，不是什麼詛咒。——或許正因爲如此，俊文才不敢反駁母親的主張吧。

平田握住了君子的手腕。

「君子老師，我求求妳！要是這孩子有什麼閃失，一切就太遲了！請趕快幫我介紹一位懂驅邪的師父！」

「可是……」

平田的指甲緊緊抵住了君子的手腕皮膚。君子不禁凝視自己的手腕。

與其找人驅邪，不如趕緊帶俊文去醫院吧。君子想要這麼說，但不知道該不該當著俊文的面說。

此時平田似乎誤以爲君子還沒有完全相信，接著又說，「還不止這些呢。」

君子一聽，霎時瞪大了眼睛。

「俊文還出現了幻聽的現象。」

平田說得氣勢十足，彷彿在亮出自己手中的最後一張王牌，然而君子卻連頭也沒有點一下。

「他說他會在沒有人的地方聽見說話聲。」

平田說到這裡，俊文的肩膀忽然微微一顫。君子刻意轉頭面對俊文，問道：

「沒有人的地方，例如是什麼樣的地方？」

但俊文只是低頭不語。

君子轉頭望向平田，平田也只是無奈地搖了搖頭。

「我也曾這麼問過他，但他就是不回答我。如果我持續追問，他又會改口說沒聽見聲音。」

君子沉吟了數秒，再度轉頭望向俊文。俊文的全身僵直不動，彷彿正以身體語言哀求著「別再問了」。

君子將拳頭抵在唇邊，陷入了沉思。幻聽又是怎麼回事？難道只是爲了配合媽媽的主張，所以才撒了這種謊？還是……過大的壓力已經讓俊文的身體出現了問題？

不管眞相爲何，當著母子兩人的面談論這個問題似乎沒有任何意義。想要從俊文的口中問出眞相，最好趁母親不在場的時候；想要讓平田知道兒子可能在學校遭受欺負，最好趁俊文不在場的時候。

如果讓他們母子先回去，改天再打電話給平田，應該能夠有機會和平田單獨交談。但如果可以的話，最好能夠先和俊文私底下談過再說。問題是有什麼辦法可以讓平田先行迴避？君子想到這裡，忽聽見手機響起了鈴聲。

「對不起，我接個電話。」君子向平田道了歉，來到走廊上接起電話。來電者原來是榊。

榊說他其實沒什麼事，只是截稿在即，卻因為過於疲累而懶得動筆，所以打電話給一樣被稿子追著跑的君子，想要聊聊天。這樣的致電理由，實在是很符合榊的風格。

「我才沒有被稿子追著跑，別拿我和你相提並論。」君子嘴上雖這麼嘀咕，心情卻頓時感覺輕鬆不少。

榊問君子現在有沒有時間聊天，君子回答「有人跑來我的辦公室，說自己受到了詛咒」。

榊一聽，霎時大感興趣，興奮地說道：

「這是什麼有趣的狀況？讓我整個人精神都來了。」

「但是實際談過之後，我總覺得不像是受到詛咒。」

「能跟我說說細節嗎？」

榊想也不想地問道。在榊的一句句快節奏的追問之下，君子將今天發生的事情一五一十地全都說了一遍。

「原來如此。」

榊慢條斯理地呢喃了一句。

君子轉頭朝平田母子所在的房間瞥了一眼，對著電話另一頭的榊問道：

「現在我該怎麼辦才好？」

「總之先帶到醫院檢查一下吧。」

「我也這麼想，但是怕俊文不願意。」

「管他願不願意，就算用拖的也得拖去。」

「你這麼說也對。」

君子正尋思著該怎麼勸平田帶兒子前往就醫的時候，榊接著又說道：

「不過已經過了四十八小時，既然沒有嘔吐或頭痛的症狀，腦袋應該是沒事才對。」

榊的語氣聽起來像是在自言自語，接著又說：

「話說回來，有很多症狀都是在發生車禍後過一陣子才冒出來，還是不能掉以輕心。」

「車禍？」

君子歪著腦袋問道：

「你誤會了，發生車禍的是父親，不是兒子。」

「嗯？」

榊的聲音帶了三分納悶，兩人之間維持了短暫的沉默。

君子將手機移開耳邊，拿到眼前愣愣地看著。怎麼會出現這種牛頭不對馬嘴的狀況？難道是自己剛剛的敘述有什麼問題嗎？君子正想到這裡，忽然聽榊接著說道：

「父親發生車禍，撞到的不就是他自己的兒子嗎？」

「什麼？」君子以沙啞的聲音問道。

「父親不是經常警告兒子『絕對不能衝到馬路上』嗎？」

君子聽著榊的解釋，一面轉動僵硬的脖子，望向辦公室的門扉，腦海裡浮現了如今應該依然坐在沙發上的那名少年的身影。

在少年的身旁，放著一個側面皮帶斷裂的兒童書包。

君子霎時瞪大了雙眼。

平田剛剛說過的每一句話，都在君子的腦中迴盪。

平田的丈夫在開車的時候，似乎撞到了某樣東西……下車查看的時候，發現附近地上有一條看起來像小型狗項圈的細短皮帶……平田的那句「車禍的加害者逃走還可以理解，受害者怎麼可能會逃走」……遭扯破的護身符……俊文腳上的嚴重瘀青……以及榊所提出的那句父親的警告……

「如果父親撞到的就是兒子，兒子在被撞的當下，一定會產生這樣的念頭吧……我沒有遵守爸爸的告誡，胡亂衝到馬路上，所以被車撞了。要是被爸爸知道的話，我一定會被罵！」

更糟糕的是坐在車上的人正是父親。如果繼續待在車禍現場，一定會被父親發現。

——所以俊文逃走了。

在一般情況下，車禍受害者不可能自行逃逸。但如果受害者是加害者的兒子，基於一些背後的理由，當然有可能會出現例外的情況。

君子抬起頭，緊緊閉上了雙眼。

多半是車禍的衝擊導致書包側邊的皮帶斷裂，原本掛在書包上的護身符也掉了。俊文當時立即逃離了現場，直到晚上才發現護身符不見了。因此俊文才在三更半夜偷偷摸摸出門，想要把護身符撿回來。但護身符不知是車禍時遭受撞擊的關係，還是後來遭到路人踩踏，竟變得又髒又破……多半就是這麼回事吧。

母親言之鑿鑿的各種詛咒及靈異現象，原來全來自於這件平凡無奇的小事。只因爲俊文極力想要隱匿遭遇車禍的事實，才讓整起事件增添了神祕色彩。

君子急忙道了謝之後掛斷電話，回到平田母子所在的辦公室內。

「啊，君子老師！」

平田激動地抬起頭來，坐在旁邊的俊文依然縮著身子低頭不語。君子蹲跪在俊文的身旁，與俊文四目相交。

「爸爸沒有發現他撞到的人是你？」

俊文登時嚇傻了。

「妳怎麼會知道……」

他發現自己說錯了話，趕緊摀住自己的嘴巴。君子看在眼裡，更加確信榊的推論是對的。

「咦？什麼意思？」

平田看了看君子，又看了看俊文。

「俊文，你們在說什麼……」

一想到俊文想盡辦法要隱匿這件事，君子便不禁覺得加以揭穿實在有些殘忍。但如今的當務之急是把俊文帶到醫院接受檢查，至於他的心情，也只能暫時擱在一邊了。

「我猜妳丈夫撞到的人，應該就是俊文吧。」

「俊文，是眞的嗎？」

平田抓著俊文的兩側肩膀問道。

俊文害怕得幾乎快要掉下眼淚。

「對不起，我只是……」

「爲什麼你沒有立刻告訴媽媽！」

平田驚愕得臉色慘白。她撫摸著俊文的頭，以顫抖的聲音呢喃道，「救護車……」

「平田小姐，請妳冷靜點。」

君子伸出手掌制止平田，說道：

「帶他到醫院接受精密檢查當然有必要，但如今距離車禍已過了兩天，我想俊文的情況應該沒有危急到必須叫救護車的地步。」

「啊……是……」

平田點了點頭，視線卻茫然地左右飄移著。

「這麼說起來，他不是受了詛咒？」

她怔怔地說道。

「應該不是。」

君子如此回答，心裡預期著平田應該還是會試圖反駁。因爲否定了詛咒，就等於否定平田有感受到詛咒的能力，這也等於否定平田是個特別的人。

沒想到平田就只是低聲呢喃著：

「啊啊，眞是太好了，不是詛咒波及到俊文身上就好。」

她以顫抖的雙臂抱緊兒子，流下了眼淚。那模樣正宛如附身在體內的妖魔鬼怪都離開了。

「君子老師，我竟然爲了這種莫名其妙的事跑來找妳，眞是不好意思。」

平田一面擦拭眼淚，一面抬頭仰望君子。

「……請別這麼說。」君子低下了頭，心情不禁也有些尷尬。事實上察覺俊文正是車禍受害者的人並不是自己，而且自己還一度懷疑平田犯了太過拘泥於詛咒的毛病。

平田對著君子深深一鞠躬說：

「君子老師，謝謝妳。多虧了妳，我才知道要趕緊帶這孩子去醫院。」

君子只能又回了一句「請別這麼說」。

大約一個月後，君子又接到了榊的來電。

君子遇上的這件事情雖然不能算是靈異現象，但是過程相當精采有趣，榊想要拿來當作專欄的題材，因此打電話來徵求君子的同意。

回想起來，平田確實曾說過「如果妳想拿我的事當成寫作題材，我也不會阻止」，但是到頭來君子並沒有介紹靈媒給她，因此那句話是否還具有效力，君子自己也不敢保證。就在君子猶豫不決的時候，榊又說：

「仔細想想，幻聽的部分還是沒有得到合理的解釋。如果可以的話，我想親自向她問個清楚，能不能請妳居中介紹？」

畢竟在這起事件裡，榊可說是協助找出眞相的幕後功臣，君子實在不好意思拒絕。「好吧，那我先問她一聲。」如此回答之後，君子從電話機的來電紀錄裡找出了平田的電話號碼，一面思考著該怎麼向平田解釋，一面撥出了電話。

但是接電話的人不是平田，而是平田的丈夫。

「請問千惠美小姐在嗎？」君子問道。

丈夫以壓低的嗓音回答：

「內人上星期過世了。」

君子一聽，彷彿腦袋遭人以硬物重重敲了一記。

「……過世了？」

「是的。」

君子忍不住想要脫口說出「不可能」這句話。

「請問……她是怎麼過世的？」

明明知道詢問死因是一件很失禮的事，君子卻無法保持沉默。

「火災。」丈夫稍微遲疑了片刻後回答：

「我們在旅行時遇上火災，我和兒子都順利逃出來了……但內人……」

丈夫沒有再說下去。

我遭到詛咒了……當初平田所說的這句話，在君子的耳畔迴盪。不，只是偶然而已。

君子搖搖頭，如此告訴自己。平田確實連續遇上了很多劫難，但火災本身並非無法解釋的奇怪現象。

即使如此，當初平田將俊文緊緊抱在懷裡的景象重上心頭，君子還是感覺到胸口一陣難過。不知道那個男孩子是否平安無事？

「請問俊文……」君子這句話問到一半，卻不知道該怎麼接下去。

君子原本只是想要確認俊文的狀況，丈夫卻似乎誤以為君子想要和俊文說話。

「請稍等。」丈夫說完這句話，似乎放下了話筒。

過了一會，君子聽見另一頭傳來一聲「喂」，那是俊文的聲音。

「啊，俊文！」

君子忍不住想要問出「你還好嗎」這句話，但話到嘴邊，又趕緊吞了回去。母親都已經過世了，當然不可能還好。君子想要找一些更適當的措辭，卻不知道該怎麼說才好。想了半晌，最後只問了一句，「對了，你去醫院了嗎？」此時距離俊文的母親說要帶他去醫院，早已過了一個月。俊文應了一聲「嗯」，兩人再度陷入沉默。

君子原本想要結束對話，沒想到說出口的竟是完全不相關的另一件事。

「那時候，你不是說會在沒有人的地方聽見聲音嗎……？」

這句話一出口，君子登時感到後悔。對於一個剛失去母親的孩子，實在不應該問這樣的問題。君子將話筒湊向嘴邊，正想改口說一句「沒什麼」，但還沒說出口，俊文已回答，「已經聽不見了。」

「已經聽不見了？」

「嗯，自從……媽媽死了之後。」

君子一聽，心臟不禁縮了一下。

——他並不是爲了配合母親才撒謊。

「其實我衝到爸爸的車子前面，也是因爲突然聽見聲音。」

回想起來，當初俊文聲稱會在沒有人的地方聽見說話聲時，君子曾問他「例如什麼樣的地方」，但他不肯回答，因此君子曾懷疑那也是爲了隱瞞遭遇車禍而撒的謊。

想到這裡，君子驀然間又想起平田的描述。

當時丈夫一邊發抖一邊走下車子查看，周圍一個路人也沒有，所以找不到目擊者可以詢問剛剛到底發生什麼事——從這段話可以確認當時車禍現場一個人也沒有。

——這麼說來，難道俊文眞的會在沒有人的地方聽見說話聲？

君子感覺到一股寒意從腳底往上竄升。

「那是什麼樣的聲音……？」

「是個老奶奶在大笑……聽起來很奇怪。」

俊文以緊張的口吻說道。

「爲什麼說很奇怪？」

「因爲……」

俊文想了一下，又說了一次「因爲」，才回答了問題。

「聽起來像是站在我的耳邊大聲罵我。」

「明明是在大笑……聽起來卻像是在大聲罵你？」

「嗯。」

——啊啊，眞是太好了，不是詛咒波及到俊文身上就好。

平田打從心底鬆一口氣的聲音在君子的耳內深處迴盪。

難道自己鑄下了大錯？當初是不是應該對平田寄予更多的信任？

當君子回過神來，電話早已掛斷了。

即使到了今天，君子依然對自己當初的處理方式感到深深後悔。

第三篇

妄語

刊載於《小說新潮》二〇一七年八月號

君子建議我如果想要蒐集怪談的題材，最好的方法就是向榊求助，但我暗自認爲這個建議可能行不通。

因爲榊這個人就算有什麼好的題材，也會拿來用在他自己的作品上。

如果是像〈汙點〉那樣，打從一開始就是由我找上榊尋求協助的事件，請他讓我寫這個題材或許還站得住腳。但榊畢竟自己也是位專業作家，若打從一開始就向他伸手要題材，未免太厚臉皮了些。

我認爲較合理的作法，應該是以向編輯或朋友詢問「是否遇過靈異現象」爲主。至於榊那邊，暫時只要問他能不能讓我寫〈委託驅邪的女人〉這篇作品，並且讓他知道我接下來還打算再寫幾篇怪談就行了。

但就在我向榊說明我如何得知〈委託驅邪的女人〉這個事件的來龍去脈時，他竟然說：

「我這邊有個題材，一直沒有機會寫，妳有沒有興趣？」

◆

大約九年前，當時三十二歲的塩谷崇史在埼玉縣的郊區買了一棟房子。

從新家到位於東京都內的公司要花大約一小時。跟原本所住的出租公寓相比，上下班的時間變長了，但每個月必須支付的房貸費用與原本的房租差不多，家裡的房間數量卻多了兩間，而且還不用額外再租停車場。

更重要的一點是，擁有一棟透天厝是崇史長年以來的夢想。不，與其說是夢想，不如說是遲早必須達到的目標。住在山梨縣的雙親經常勸崇史要買房子，尤其是父親，總是把「擁有透天厝是獨當一面的象徵」這種話掛在嘴邊，因而在崇史的心中產生了根深蒂固的觀念。

崇史打從一結婚，就開始找房子了，但是要找到符合條件的房子並不容易。除了必須在通勤方便的路線上之外，還要考慮預算的問題。除此之外，妻子還堅持主張房子必須位在距離車站徒步十分鐘的範圍之內。光是要符合這些條件，能選擇的房子便已相當有限。此外還要再加上屋內隔間、土地面積、日照狀況，以及距離超市遠近等條件，符合要求的房子更是少之又少，幾乎趨近於零。

住宅資訊網站的購屋顧問告訴崇史夫妻，以他們的預算勢必得對房屋條件有所妥協，不想妥協的話就必須增加購屋預算。然而買房子畢竟是一輩子的事情，崇史夫妻實在不想妥協，至於增加預算則是心有餘而力不足，只是這麼堅持下去畢竟不是辦法。就在崇史夫妻開始考慮放寬條件的時期，購屋顧問忽然告訴兩人，「有棟中古屋，或許兩位會中意。」

那棟房子完全符合崇史夫妻的條件，幾乎無可挑剔。崇史夫妻簡直不敢相信，竟然能找到這麼理想的房子。距離車站徒步只要四分鐘，價格在預算之內，日照狀況良好，而且崇史夫妻原本只要求要有三間房間，這棟房子竟然有四間房間。根據顧問人員的說法，這一帶自從車站附近開了一間大型購物商城之後，吸引了不少年輕民眾入居，因此市公所在養兒育女的輔助設施上規劃得相當用心，未來生了孩子之後，也可以高枕無憂。不僅如此，雖然是中古屋，但才剛建好五年而已，外觀幾乎和新成屋沒有什麼不同。

崇史夫妻立刻前往看屋。雖然玄關門廊處的石階等處有點泛黑，屋內的牆壁全都重新貼了壁紙，看起來就和新的房子沒兩樣。何況崇史夫妻仔細一想，倒也不是非買全新的房子不可。兩人只不過是覺得既然要買房子，最好能買新房子而已，這並不是一個絕對無法退讓的必要條件。就算買的是新房子，一入住就變中古屋了。相較之下，其它的條件更顯得重要得多。

「原本的屋主爲什麼要把房子賣掉？」

當崇史在問出這個問題時，內心已幾乎決定要買下這棟房子了。

仲介似乎早已預期看屋者會問這個問題，想也不想地回答：

「聽說是因爲男主人的工作關係，必須搬到其它地方。」

「哇，眞可憐。」妻子忍不住說道。

仲介深深點頭，站在玄關門廊處仰望房子外觀說：

「竟然要賣掉這麼棒的房子，眞是太可惜了。」

就在這時，隔壁棟的房子忽然有個年約五十多歲的婦人開門走了出來。

那名婦人朝著崇史等人打量了一會，說道：

「你們是新的鄰居？」

「不是，我們只是來看看而已，還沒有決定要買。」

崇史趕緊澄清。

女人將手掌輕抵在嘴邊，說道：

「啊，對不起，是我誤會了。像你們這麼可愛的年輕人，如果能來當我的鄰居，我可不知會有多高興呢。」

婦人以戲謔的口吻說完之後，發出了溫柔的笑聲。

——這鄰居看起來人不錯。

這是崇史心中的第一個念頭。如果以後要在這裡定居，鄰居是什麼樣的人也是不容忽略的觀察重點。

婦人似乎看穿了崇史的心思，接著又說道：

「織田太太一定也會很歡迎你們當她的鄰居。」

「織田太太？」

「她就住在那邊那棟。」

婦人一面說，一面伸手指向崇史夫妻所參觀的房子的右手邊那棟房子。

「織田太太也是個看起來既可愛又高雅的人，聽說她先生是國中老師……」

接著婦人滔滔不絕地說起了「織田太太」的事，崇史的心裡不禁感到有些苦惱。婦人所說的全都是讚美之詞，可見得她不是個壞人，但要與一個喜歡東家長西家短的鄰居往來，實在是件麻煩的事。

不過崇史轉念又想，或許這也算是郊區獨棟住宅社區的一種居住文化吧。自己只是在東京都內的出租公寓住了太多年，所以不習慣而已。回想起來，從前住在老家的時候，街坊鄰居的往來確實相當頻繁。

「啊，對了，你們等我一下……」

婦人突然走進自家的門內。數十秒之後，她又走了出來，手上拿著一盒西式糕餅。她以非常自然的動作，將糕餅遞到崇史的妻子面前。

「這是別人給我的，但我和我老公吃不完，如果不嫌棄的話，請拿回去吃吧。」

「咦？但是……」

妻子轉頭望向崇史，不知如何是好。接著婦人又轉頭面對崇史，將糕餅盒推到崇史的胸口，「請拿去吧，別客氣。」

崇史也有些不知所措，忍不住說：

「這怎麼好意思？我們前來打擾，應該是我們要帶伴手禮才對。」

說完這句話之後，崇史自己也覺得這句話說得有點古怪。今天自己夫妻只是來看房子而已，根本還沒有決定要簽約，這時就向鄰居打招呼未免太操之過急了點。

但婦人還是繼續將盒子推到崇史面前，臉上堆滿笑容。

「請收下吧，就當作是幫我們吃。我們擔心會放到壞掉，正不知道該怎麼辦才好呢。」

「既然是這樣……眞是不好意思，那我就收下了。」

崇史尷尬地接過了紙盒。

「啊，太好了。」婦人將手掌放在胸口，露出了鬆一口氣的表情。

「以後請多多指教。」

婦人一臉滿足地以這句話作爲結尾，一面鞠躬一面退回了自家的門內。

崇史夫妻不由得面面相覷。

「怎麼辦，拿了人家的東西。」

崇史舉起盒子向妻子問道。妻子卻轉頭問仲介：

「眞的可以收下嗎？」

「應該可以吧。鄰居看起來很好相處，眞是太好了。」

仲介點了點頭，笑著說：

「很多人在搬家後，都會因爲與鄰居處不來而煩惱呢。尤其是新房子，如果是好幾戶同時入住的話，購屋當下根本不曉得隔壁會搬來什麼樣的人。相較之下，中古屋可以事先掌握精確的居住環境狀況，這也算是購買中古屋的優點之一。」

仲介說得舌燦蓮花，崇史一聽，也不禁覺得頗有道理。他拿著糕餅盒，看著鄰居家的玄關門口，內心不禁產生了一個疑問。那名鄰居婦人走出門外，原來不是爲了外出？抑或，那婦人原本的目的其實是要外出，卻在結束對話後誤走回自己家裡，接著就因爲尷尬而不好意思再走出來了？

鄰居家的門牌上，寫著「前原清次郎、壽子、康司郎」這三個名字。崇史一看，先是愣了一下，心裡產生了「怎麼不是姓織田」這個疑問。下一秒，崇史才想起「織田」不是那婦人的姓氏，而是另一側的鄰居的姓氏。這也讓崇史發現一件事，那就是婦人（從門牌來看，應該是壽子吧）將織田家徹底介紹了一遍，卻連自己的名字也忘了說。

不過這也稱不上是什麼怪事，畢竟自己夫妻也沒有報上姓名。若要說古怪，只是來看房子卻得知了隔壁鄰居的男主人職業，還拿了另一頭鄰居的糕餅，這一點才眞的有些古怪。

那天回家的路上，夫妻兩人閒聊，都說有點被鄰居的行爲嚇了一跳。

但畢竟房子本身的條件實在太好，以後恐怕不可能再找到這麼符合需求的房子。夫妻兩人在這個想法上達成了共識。更重要的一點，是當初夫妻兩人原本都不奢望能夠有四個房間，但實際看了這棟房子的格局之後，兩人都大爲心動。崇史和妻子都希望未來至少要生兩個孩子，因此房間的數量可說是多多益善。

況且壽子的行為只是讓兩人有些錯愕，並沒有因此而心生不悅。這世界上糟糕的鄰居多得數不清，相較之下壽子的行為實在是沒什麼大不了。

最後崇史夫妻決定買下這棟房子。

搬進新家後不久，崇史就感覺買下這棟房子的決定相當正確。

在妻子懷孕之後，壽子可說是幫了非常大的忙。

事實上就連妻子懷孕一事，也是多虧了壽子才發現。由於妻子有生理不順的毛病，就算有了身孕也沒辦法馬上察覺。沒想到有一天，壽子突然對妻子說：

「妳該不會是懷孕了吧？」

原本妻子只以為是小腹有點發胖，正感到鬱悶，一聽到壽子這麼說，才趕緊做了檢查。一做之下，才知道自己眞的懷孕了。

「妳怎麼會知道我懷孕了？」妻子問壽子。

「我的直覺從以前就很準。」壽子笑著回答：

「如果妳覺得噁心想吐或身體不舒服，儘管來跟我說。我可以幫妳煮個粥，或是作個簡單的便當。」

「謝謝妳。」

「啊，妳心裡還是覺得不好意思麻煩我，對吧？真的不用跟我客氣，我當初生孩子的時候，周圍的人也幫了我很多忙。遇上這種事，本來就應該互相幫助。」

妻子把壽子的這番話告訴了崇史。崇史想到當初還覺得壽子是個麻煩人物，不禁感到有些歉疚。

崇史的老家在山梨縣，妻子的老家在福岡縣。就算生產前後可以回老家請父母幫忙照顧，但生產前的懷孕期間及生產後養育孩子的種種問題，崇史夫妻都必須在父母遠在他鄉的情況下獨力克服。因此住家附近有個生過孩子的過來人能夠求助，對夫妻來說都像是吃了一顆定心丸。

實際上壽子確實好幾次送來菜餚，而且在得知妻子有流產之虞的時候，還幫忙開車載妻子去醫院。後來妻子受醫生警告必須安靜休養，壽子還來家裡幫忙做家事。等到妻子的身體恢復健康，胎兒也進入穩定期，壽子開始拿一些自己孩子的舊衣服來給崇史夫妻。

壽子告訴崇史夫妻，那些都是如今已成年的長男小時候所穿過的衣服。但壽子所送的舊衣服裡，還包含了一些貼身衣物，令崇史夫妻感到有些猶豫，不曉得該不該拿來用。除此之外，壽子還送了一個木製的不倒翁，但那不倒翁的底部似乎原本寫著名字，只是被壽子以粗簽字筆塗掉了。收到這樣的禮物，崇史心裡總有股說不上來的彆扭，但妻子似乎很喜歡那個不倒翁的復古風格。

沒想到就在某一天，發生了一件事情。

崇史一如往常加班晚歸，卻發現家裡的氣氛有些凝重。

客廳明明開著燈，卻感覺異常陰暗。崇史原本還以爲不小心把燈光調暗了，但以遙控器將室內燈開啓至全亮，客廳的亮度還是沒有改變。就在崇史認爲只是自己多心的時候，隱約傳來了妻子的嘆氣聲。

崇史一聽見那刻意夾帶著不滿情緒的嘆氣聲，雖然還不明白發生什麼事，心頭已感到有些不耐煩。每次妻子只要遇上什麼不開心的事情，就會故意表現出那樣的態度。她從來不主動開口，只是營造出一股讓人知道她在不開心的氛圍，直到丈夫自己詢問「怎麼了」，她才肯說明原委。

站在崇史的立場來看，自己並不是妻子肚子裡的蛔蟲，她不主動說明，誰也不知道她在生什麼悶氣。但妻子總是不肯好好溝通，每次都要先上演一齣這樣的戲碼。假設不滿的情緒原本只有一，如果丈夫沒有馬上察覺，立刻就會上漲至三。要是丈夫不想主動問理由，故意對妻子的態度視而不見，不滿的情緒更是會持續飆升。到頭來，每次都是崇史認輸投降，乖乖向妻子低頭詢問理由。這時妻子才會一臉不耐煩地「開示」她的不滿原因。

——今天又怎麼了？

崇史自己也忍不住想要嘆息。為什麼這麼晚才回來？為什麼不事先說幾點會回來？你老是這樣，我怎麼能安心生產？一想到妻子過去說過的這些怨言，崇史便感覺一整天的工作辛勞彷彿如潮水般向自己湧來。

當然妻子是第一次懷孕，內心一定感到很不安，這點崇史不是不能理解。懷孕期間會因為荷爾蒙失調而導致情緒不穩定，這點崇史也曾聽過。但是妻子那種糾纏不清的鬧脾氣方式，還是讓崇史感覺既沒道理又沒意義。

「抱歉，今天回來晚了。」

崇史低著頭，看著自己的腳尖說道。原本崇史以為只要自己這麼說，妻子就會回一句「我氣的不是這個」，接著說出自己心中的不滿。

沒想到妻子卻以低沉的聲音問道：

「你去了哪裡？」

「什麼？」

崇史一愣，錯愕地抬起了頭。妻子怎麼會問出這個問題，令崇史感到一頭霧水。自己才剛下班回來，當然是去了公司。難道妻子的意思是在責怪自己太晚回家？但自己不是已經道歉了嗎？

「今天我本來以爲能夠早點下班，但開會開得太久了。」

「在哪裡開會？」

「咦？當然是在公司啊。」

崇史皺起了眉頭。妻子怎麼會沒來由地發這麼大的脾氣？

「妳到底是怎麼了？有什麼不滿就直接說出來。」

崇史這次忍不住眞的嘆了口氣。脫下西裝外套，扔在椅背上。

「我好餓，吃完飯再……」

「你不是已經吃過飯了嗎？」

妻子不等崇史說完，已搶著說道：

「爲什麼要說謊？明明已經吃過了，卻假裝沒吃過，是不是因爲心虛？」

「……妳在說什麼啊？」

崇史完全無法理解妻子到底想表達什麼。但妻子卻狠狠地瞪了崇史一眼，氣呼呼地說：

「你別再裝蒜了，壽子太太都已經告訴我了。她說今晚八點多的時候，她看見你跟一個女人開開心心地吃晚餐……她還說那搞不好是婚外情。」

「什麼？」

婚外情這意料之外的字眼，讓崇史的聲音不由得微微顫抖。

「妳在說什麼啊？」

腦袋還來不及細想，嘴裡已開始嘀咕。壽子太太？婚外情？這到底是怎麼回事？

崇史猛眨眼睛。

這完全是空穴來風的指控。自從結婚之後，崇史從來沒有過任何越軌的舉動。當然中午有時候會和公司的女同事一起吃飯，但一來僅侷限在中午休息時間，二來吃飯的地點都是公司附近的定食餐館或平價的義大利餐廳，完全沒有男女約會的氛圍。

何況剛剛妻子問了一句「你去了哪裡」，可見得壽子說得煞有其事的目擊證詞，是發生在今晚的事情。但至少以今晚來說，崇史可以百分之百肯定壽子看見的不是自己。因爲自己今晚根本還沒有吃晚餐，中午也只吃了站著吃的速食蕎麥麵。

「我不知道她看見了什麼，但一定是看錯了。我眞的是在加班。」

崇史自認爲這句話說得斬釘截鐵，但聲音卻連自己也覺得有些沙啞。那聲音聽起來簡直像是心裡有鬼，崇史暗叫不妙，趕緊又說道：

「如果妳不相信，可以打電話到我公司問問，應該有人能幫我作證。」

妻子一聽，視線變得更加冰冷了。

「我沒有不相信，只是隨口問問而已。」

妻子這酸溜溜的一句話，讓崇史一時感到天旋地轉。

——這到底是怎麼搞的？

自己明明說的是實話。自己明明是清白的。爲什麼說出口的每一句話聽起來都像是謊言？

「妳不相信我？」

崇史彷彿是以腹部的力量擠出了聲音。

「妳寧願相信住在隔壁的鄰居？」

妻子聽了這句話，眼神才開始飄忽不定。

「我本來也覺得是壽子太太想太多……但你爲什麼要說謊？」

「我剛剛說過了，我沒有說謊，我今天是眞的還沒有吃晚餐。」

「但是壽子太太說那個人一定是你沒錯。聽說有很多丈夫都是趁妻子懷孕的時候外遇……何況俗話不是說『無風不起浪』嗎？」

妻子的口吻逐漸不再帶有譴責的意味，崇史也感覺心頭的怒火漸漸消褪。

說穿了，妻子只是對來自鄰居的「流言蜚語」信以爲眞了而已。不，或許她只是半信半疑，因此無論如何想要問個明白。

沒想到妻子竟然這麼不相信自己。一股強烈的無奈感，甚至遠超越了對隨便造謠的鄰居的怒氣。

隔天中午，公司內部小組的女同事恰巧和崇史同桌吃飯，崇史隨口提到了昨晚發生的事。

「哇！簡直像電影情節！」那女同事尖聲大叫：

「你眞的在外頭有小三？」女同事將身體湊了過來，一頭短髮微微搖曳。

「眞的沒有。」崇史深深嘆了一口氣。

「我開玩笑的啦！」女同事笑著輕拍崇史的手腕。但是崇史看得出來，就連這個女同事也沒有完全相信自己，這讓崇史的心情更加鬱悶了。

崇史的腦海中迴盪著妻子所說的那句「無風不起浪」。若是立場對調，自己或許也會產生疑慮吧。既然有目擊證人，代表事情一定不單純。自己一定也會這麼想吧。而且一旦心中產生了懷疑，就連當事人自己也沒有辦法將疑竇完全從心中抹除。正因爲崇史很明白這一點，所以才更加煩惱，不曉得該如何才能洗刷自己的冤屈。

「總而言之，我建議你和那個鄰居好好談一談，先化解誤會再說。」女同事見崇史一副垂頭喪氣的模樣，或許是心生同情，此時斂起了笑容說道。

「嗯，這麼說也對。」崇史點了點頭，低聲說道。

如果置之不理，讓謠言傳開來，事情可是會更加麻煩。在這個時候與壽子太太溝通，恐怕難以保持心平氣和，可是雙方接下來還要當很久的鄰居，如果可以的話，實在不想和對方鬧翻。崇史愈想愈是心情鬱悶，但畢竟誤會還是愈早解開愈好。

這一天，崇史提早離開公司，回到住家附近，打算先向鄰居澄清誤會，最後再以「今後也請妳多關照我太太」這句話作爲結尾。崇史一邊這麼盤算著，一邊按下了鄰居家的門鈴。

「……啊。」壽子的聲音從對講機傳了出來，那聲音聽起來也有一點緊張。

崇史聽見壽子關掉對講機並且走向門口的聲音，內心思索著該怎麼切入話題。從壽子的聲音聽來，她應該也有心理準備，或許可以直接說出來意。不一會，大門開啓，壽子走了出來，身上還圍著圍裙。

「啊，崇史先生？什麼風把你吹來了？眞是稀客。」

明明剛剛在對講機裡已知道來訪者是崇史，她卻再次裝出了驚訝的表情。

「眞是不好意思，在晚餐時間前來打擾。」

崇史輕輕低頭鞠躬，舔了舔嘴唇。

「有件事想要和妳談一談……是這樣的，我昨晚聽妻子說了一樁怪事。」

崇史頓了一下，接著說：

「該怎麼說呢……就是妻子懷疑我在外頭偷腥，而且我一問之下，竟然是壽子太太妳跟她說的……但我眞的沒有做那種事，我也不曉得怎麼會產生這樣的誤解……」

崇史謹愼小心地控制自己的用字遣詞及口氣，不讓這些話聽起來像是在質問對方。但是在說到「眞的沒有做」及「誤解」時，崇史刻意加重了語氣。

沒想到壽子竟然瞇起了眼睛，露出一臉詫異的神情。

「誤解？」

「是啊，我想妳一定是看錯人了。妳好像跟她說，我昨天晚上八點的時候，和一個女人一起吃晚餐，但我那時候還在公司裡加班。」

崇史刻意放慢了速度，想要說服壽子相信自己的話。

「而且下班之後，我一離開公司，馬上就回家了……」

「但我是眞的看到了。」

壽子以嚴厲的口吻打斷了崇史的話。

「昨天晚上八點，我看見你和一個年輕女人開開心心地走進餐廳裡。而且我還確認了時間，那時候確實是八點沒錯。如果只是單純吃個飯，我也不會多想什麼。但是我把這件事告訴由美，她卻說你那時候應該在工作，而且預定要回家吃晚飯。」

壽子親暱地呼喚妻子的名字，惡狠狠地瞪了崇史一眼。

「你在外頭和女人吃飯，卻對老婆撒了謊，這不是有鬼嗎？」

「等等，妳聽我說！」

崇史慌忙解釋：

「那個人絕對不是我。昨天晚上八點的時候，我眞的還在公司裡。」

「我絕對沒有看錯。一開始我也認爲你不會做這種事，但我看得清清楚楚。」

壽子愈說愈不滿，口氣也愈來愈重。

「你那時候穿著西裝，那女人的髮型是俏麗的妹妹頭，身上穿的是茶褐色的針織套裝及米黃色的喇叭裙，手提包則是鮭紅色……就是那種略帶一點黃色的粉紅色。」

壽子如數家珍般地說得鉅細靡遺。她的視線凝視著左上方，彷彿在挖掘著記憶中的景象。

「對了，那女人還輕拍你的手腕，看起來跟你很親密的樣子，我原本還以爲是由美剪了頭髮，想要過去和你們打聲招呼。沒想到繞到正面一瞧，才發現是不認識的女人，我嚇了一跳，趕緊再一次確認你的長相。這次可不是從背面，是從正面確認那個人就是你。事實就擺在眼前，難道你還想死鴨子嘴硬？」

「什麼死鴨子嘴硬……」

崇史驚訝得一句話都說不出口。

——這個女人到底在說什麼……

崇史感覺到一滴冷汗沿著背脊滑落。

壽子一定是誤會了什麼，這是無庸置疑的事情。因爲自己當時根本還沒有離開公司，那個男人絕對不可能是自己。

問題是要如何向壽子說明？

壽子將每個細節描述得異常詳細，可見得她只是說出了她認爲自己親眼見到的景象而已。換句話說，壽子並沒有撒謊。她深信自己所說的一字一句都是千眞萬確的事實。崇史不禁感到毛骨悚然，怪不得妻子會相信壽子的話。

「但是……妳眞的是認錯人了。我昨天晚上九點多才離開公司……如果妳不相信，我可以找同事來作證。」

崇史無奈地說道。如果眞的要找證人，雖然會很丟臉，但今天中午和自己閒聊過的那個女同事應該會願意幫忙吧。

沒想到壽子卻說：

「你要怎麼證明那個同事沒有說謊？」

壽子目不轉睛地瞪著崇史。

「你要找到一個願意幫你騙人的同事應該不難吧？」

「那我問妳，妳說我瞞著妻子和女人見面，妳有證據嗎？」

「你終於承認了？」

壽子的表情變得更加嚴峻了。

「什麼？」崇史錯愕地瞪大了眼睛。

「我沒有承認，我只是想強調如果妳要我拿出證據，那妳自己也要拿出證據……」

「你有理由說謊，我可沒有理由說謊。」

「我也沒有理由說謊，我是真的沒有做過那種事。」

崇史不斷重複這一句話，感覺眼前一片灰暗。要證明一件不存在的事物不存在，本來就是難上加難。就好像沒有人親眼看過惡魔，但要證明惡魔不存在，卻也沒有人能做到。

——早知道就別買這棟房子了。

腦袋裡驀然浮現這樣的想法，一股苦澀的滋味在口中擴散開來。打從結婚之前，崇史就拚命存錢，經過多年的努力，好不容易才存到了頭期款。而且不知道看了多少間房子，才終於決定買下這一間。沒想到鄰居卻是這樣的人，以後還得跟這種人繼續比鄰而居，那是多麼痛苦的事。

問題是要搬家沒那麼容易。一來這房子沒賣出去，就沒錢買新的房子。二來當初花了不知多少時間心血才找到這間房子，一想到得從頭找起，一股虛脫感便湧上心頭。更何況如果真的要賣掉這棟才剛買沒多久的新家，要怎麼向父母及親友解釋？

崇史以指尖按壓著隱隱作痛的太陽穴，毫不客氣地說道：

「總而言之，妳說的那些都是空穴來風的事情。請妳以後別在我妻子面前造謠生事，她現在正是必須好好安靜休養的時期。」

最後這一句話，終於讓壽子默然無語。

崇史吁了口長氣，接著說道：

「謝謝妳平常對我們的照顧，剛剛我也有點反應過大，在此向妳說聲抱歉。以後希望我們還是能當好鄰居。」

崇史以不帶感情的聲音說完這句話後，低頭鞠了個躬。

「嗯……」壽子也如此低聲回應。

崇史趁著壽子尚未繼續開口說話，轉身走向自己的家。

那到底是怎麼回事？即使事情已經告一段落，這個疑惑依然殘留在崇史的心中。

難道她只是突然遇上了一個和自己很像的人？抑或……是所謂的分身（doppelgänger）？崇史回想起從前曾在書上讀到過的這個奇妙字眼，不由得露出苦笑。

自己能夠有餘力思考這個問題，或許也是因爲雖然嫌疑還沒有洗清，但至少事情已經落幕了。

然而這件事情並非到此結束。

三天後的星期六早上八點，壽子忽然來到了崇史夫妻的家門口。

雖然崇史及妻子當時都已起床，但是在未事先告知的情況下，在這個時間造訪他人的家，實在是一件相當失禮的行爲。崇史與妻子先是面面相覷，接著妻子走向大門。但是崇史趕上去將妻子擋住，自行走過去開了門。

「早安……」

「我眞的看見了！」

壽子無視崇史的問安，劈頭便喊出這句話。

「這次我絕對沒有看錯！就在昨天晚上！我把你的臉看得一清二楚！沒錯，這裡有顆痣！那個人眞的就是你！」

壽子來勢洶洶地指著崇史眼睛下方的痣。那顆痣的位置，就是俗稱的愛哭痣，崇史常因爲臉上有這顆痣而感到自卑，如今被人當面指著，內心當然相當不舒服。

「妳到底想幹什麼？」

崇史一邊將頭扭向一旁，一邊撥開壽子的手。明明沒有使用太大的力氣，壽子卻發出宛如少女一般的尖叫聲，腳下踉踉蹌蹌，差一點摔倒在地。崇史見了如此做作又誇張的模樣，不由得怒上心頭。就在這時，妻子從客廳走了出來，喊了一聲「壽子太太」。

「啊，由美！」

壽子瞬間抬起頭來，撲到妻子的身邊，對她說道：

「我跟妳說，我是眞的看見了！他和那個女人約在外頭見面！」

「妳夠了沒有！」

崇史忍不住大聲怒斥。妻子嚇得縮起了身子，壽子皺起眉頭罵道：

「你那麼大聲做什麼？」

「我不知道妳到底搞錯了什麼，但妳說的全都是無稽之談。妳這個人是不是腦筋有問題？」

「阿崇，你冷靜點……」

「拿出證據來啊！」

崇史再也按捺不住，毫不理會拉著自己手腕的妻子，朝著壽子破口大罵。

「既然妳又來舊事重提，一定掌握了證據吧？快拿出來看看啊！」

崇史一邊大罵，一邊感覺自己簡直像是電視連續劇裡的壞蛋角色，一股自我厭惡的心情油然而生。

「證據……」

壽子低下了頭，吞吞吐吐地說道：

「原本是有的……我本來想要用手機拍下照片，但不曉得爲什麼，怎麼拍就是拍不好……」

壽子一時顯得有些慌亂，崇史輕哼了一聲。

「看吧！她果然是在說謊！」

崇史轉頭面對妻子，揚起了嘴角。

「一開始只是看錯了，但她丟不起這個臉，又跑來撒這種瞞天大謊。」

「不！我絕對沒有看錯……」

「那就是打從一開始就撒謊了？」

崇史以譏諷的口氣說道。他內心深處很清楚自己不應該說這種話。以後如果還想和平相處，就不能讓關係徹底決裂，雖然理性如此告訴自己，卻無法阻止自己繼續說下去。如今崇史滿腦子只想給這個可惡的女人一點教訓。

「我早就察覺不對勁了。妳說妳從正面確認了我的長相，那我怎麼會沒看見妳？這不是說不通嗎？」

「我有什麼理由要說謊？」

「這我怎麼知道，搞不好妳只是想找由美麻煩。」

「你這句話是什麼意思？難道你覺得我是個應該會被找麻煩的人？」

妻子揚起眉毛質問崇史。崇史強忍下了想要回嘴的衝動。到底是怎麼搞的？事情怎麼會變得這麼麻煩？

「我不是那個意思，我指的是她可能是在遷怒。例如她可能和丈夫處得不好，因此忌妒我們是一對幸福的新婚夫妻。」

「這算什麼幸福？我已經快受不了了！」

妻子披頭散髮地大喊。

崇史頓時啞口無言。

——她怎麼會說這種話？

我們夫妻變得不幸，是因爲那個女人在她耳邊胡言亂語的關係。在尚未發生那些事情之前，我們明明過著幸福的日子。如今她卻以現在的不幸當作否定過去的理由，這根本是本末倒置的想法。

霎時間，崇史感覺到自己對妻子的愛情瞬間降溫。原本綳緊的臉頰肌肉開始放鬆，急著想要辯解的心情如今也變得荒唐可笑。

原來她是這樣的女人……這樣的念頭在崇史的心中盤旋。

只因爲聽了鄰居幾句挑撥離間的話，就懷疑自己的丈夫，以莫名其妙的言論與丈夫作對，想法毫無先後順序的邏輯可言。難道自己要與這樣的女人共渡一生？崇史一方面感覺心頭涼了半截，另一方面卻又厭惡產生這種想法的自己。

不行……崇史努力將這些負面的想法拋諸腦後。要是繼續想下去，自己眞的會開始討厭妻子。一旦產生厭惡之情，與她相處就會變成一種折磨，但是兩人的孩子才剛要出生啊！

——沒錯，絕對不能那麼想！妻子只是因爲懷孕的關係，情緒變得不穩定而已。崇史不斷以這個理由來說服自己。等孩子出生之後，一切都會好轉的。自己所背負的莫須有罪名，一定也會從此消失吧。

「由美！由美！」

妻子抽抽噎噎地哭了起來，隔壁的婦人摟著她，不斷溫言安慰。

崇史看在眼裡，怒氣再度湧上心頭，只好將頭別向一旁。

到頭來，崇史只能選擇暗自忍耐。

或者應該說，崇史不曉得除此之外自己還能怎麼做。

自己唯一能盡的努力，就只有每天盡量早點回家，別再引起妻子無謂的懷疑。

每次加班的時候，崇史一想到妻子這時可能又會懷疑自己在外頭偷腥，便感到憤憤不平。自己爲了妻子及即將出生的孩子拚命工作賺錢，不僅沒有得到感謝，反而遭到懷疑，這令人情何以堪？

更令人火大的是就算提早回家，也會遭到妻子譏諷「原來你也能這麼早下班」。然而如果對妻子動怒，到時候她又會哭哭啼啼，反而更難收拾。到頭來，崇史只能選擇默默吃完晚餐，早早洗澡上床睡覺。可是就連這麼忍氣吞聲，也會遭妻子抱怨「不肯聽她說話」。

待在家裡只能以如坐針氈來形容，回家的時間也變得愈來愈晚。妻子面對晚歸的丈夫，雖然不再過問，但明顯流露出懷疑的態度。崇史不禁感慨，既然要過這種生活，不如乾脆眞的外遇算了。

無法接受妻子的懷疑是因爲那並非事實，對妻子的態度感到憤怒是因爲自己問心無愧。既然如此，乾脆眞的搞個婚外情，或許自己反而能夠心平氣和地對待妻子。

對妻子來說，應該也比每天家裡烏煙瘴氣好得多。

乾脆找一天邀公司的女同事一起喝酒好了……崇史的心裡有過這樣的衝動。但是崇史最後還是沒有這麼做，因爲不甘心被妻子說一句「你果然外遇了」。

此時如果自己眞的出軌，當初堅稱自己沒有出軌的那些話全都會變成謊言。

崇史無論如何都不能容許這樣的事情發生，因此只能抱著日子過一天算一天的想法。

然而這樣的日子，忽然在某一天宣告結束。

因爲妻子流產了。

自己到底做了什麼，才落到這個下場？崇史感到百思不解。

但是一股強烈的自責旋即湧上心頭。

爲什麼自己沒有多花一點時間陪伴妻子？遭懷疑外遇雖然是件很令人憤怒的事，但這也不能全怪妻子。畢竟她是在懷孕期間聽見了丈夫有婚外情的謠言，何況那謠言還描述得煞有其事，令她想要不信也難。

一方面想要信任丈夫，另一方面卻又無法徹底甩掉疑慮……只要站在妻子的立場，不難想像她心中的這股矛盾。如果立場對調，有人告訴自己「你的妻子在你上班期間和男人幽會」，明知道妻子不可能做這種事，心裡多少還是會產生疙瘩。

既然如此，爲什麼自己沒有努力排除妻子的不安，每天只會表現出自己的焦躁與不耐煩？

崇史心中對妻子的怒氣在一瞬間消失得無影無蹤，彷彿附身在身上的妖魔鬼怪突然離開了。

「對不起，我當初應該更努力讓妳感到安心。」

崇史一次又一次這麼告訴妻子，妻子也像變了一個人，不斷向崇史道歉。

「冷靜想一想，你怎麼可能做出對不起我的事？你每天爲這個家辛苦工作……爲什麼我卻沒有相信你？」

「這不能怪妳。任何人聽見那種話，都會無法釋懷吧。」

「但我如果能夠更加表現出氣量……」

「由美，這不是妳的錯。」

崇史緊緊抱住聲淚俱下的妻子，伸手抹去自己臉上的淚水。

原本應該會出生的孩子，就這麼走了。

由於性別已確認是女孩子，妻子等不及孩子出生，就爲她買了可愛的粉紅色嬰兒服。

如今那衣服也派不上用場了。

由於妻子原本已進入穩定期，崇史早已向上司報告了妻子懷孕的消息。如今妻子意外流產，崇史只好老實向上司報告這件事，並且請上司准許自己放幾天假。

「別擔心公司的事，好好安慰你太太吧。」上司以溫和的語氣對崇史說道。

崇史與妻子一起為未出生的孩子舉辦了小小的喪禮，接下來的三天，崇史一直陪伴在妻子的身邊照顧她。妻子幾乎無時無刻不在哭泣，幾乎快要流光體內的所有水分。崇史只是默默摟著妻子的肩膀，有時妻子因為疲累而睡著了，崇史還會偷偷上網瀏覽流產經驗的分享網站，研究該以什麼話來安慰妻子。

但崇史總不能永遠不去公司。

從流產算起的第四天，崇史帶著掛念妻子的心情重新回到公司上班。崇史到處向請假期間協助處理自己分內工作的上司及組內同事道謝，並且以最快的速度完成手邊較緊急的工作。從早忙到晚，連午餐也沒吃，雖然工作看起來還是堆積如山，崇史還是一下班就立刻趕回家，並沒有加班。

崇史在車站前的超市買了晚餐及隔天白天妻子的食物，小跑步回到自家。打開大門的瞬間……崇史察覺門口放著一雙陌生的白色涼鞋。

——不會吧……

重點在於那不是一般的鞋子，而是涼鞋。這代表家裡有訪客，而且是來自住家附近的訪客。那個人的臉浮上心頭，崇史感覺彷彿全身的血液都沸騰了。

崇史脫下鞋子，大跨步穿過走廊，打開客廳的門。果然不出所料，壽子就坐在沙發上。

壽子明知道崇史回來了，卻沒有轉頭對他瞧一眼，只是不停輕撫妻子的手，嘴裡不停說著：

「沒事的、沒事的……」

崇史聽見那宛如安慰幼小孩童的聲音，眼前霎時一片血紅。

——這傢伙以爲是誰的錯，自己夫妻才落得這個下場？

「……妳……」

不管怎麼想，這莫名其妙的鄰居都是罪魁禍首。如果她沒有造謠生事，自己夫妻現在一定還過著恩愛的生活……而且也不會失去孩子。

眼前的視野一片矇矓。驀然間，崇史看見了擱在客廳角落的那個不倒翁。唯獨那不倒翁的景象維持了短暫的清晰，但下一瞬間同樣變得模模糊糊。

「妳竟然還有臉來我家……」

「哇啊！」

突然間，壽子發出尖叫。她以近乎滑稽的誇張動作往後退縮，同時拉扯妻子的手腕。

「由美……快逃！快逃！」

「……妳在說什麼啊？」

崇史摸不著頭緒，朝著妻子走近了兩步。

「哇啊！」壽子再度以顫抖的聲音大叫。

崇史驚愕地停下腳步，壽子幾乎在同一瞬間緊緊抱住了妻子，以尖銳的聲音喊道：

「你……你殺了那個女人！」

「什麼？」

崇史不自覺地將脖子往前伸。

「妳在胡言亂語什麼？妳瘋了嗎？」

「別裝傻了！我親眼看見了！你面目猙獰地把那個女人推出去，女人的頭上噴出鮮血……你還以顫抖的聲音對女人說……『別演戲了，我知道妳沒有死』……我猜你一定是因爲偷腥被揭穿，想跟那個女人分手，那個女人不同意，所以你殺掉了她這個燙手山芋……啊啊！不對！這女人不是當初那個女人……原來你在外頭不止一個女人。由美，妳千萬別被他騙了！他是個殺人兇手！」

壽子說得口沫橫飛，崇史強忍下想要後退閃避的衝動。這女人到底是怎麼回事？她到底在說什麼？

「我問妳，妳說我殺了人，那是什麼時候發生的事？」

崇史試圖從壽子的話中找出能夠反駁的破綻。

沒想到壽子竟然大喊：

「就是現在！」

崇史聽了這句胡言亂語，已不想再作出任何回應。轉頭一看，妻子也正看著壽子，臉上流露出明顯的懼意。

總而言之，得想辦法讓這個女人離開妻子的身邊才行。崇史將視線從妻子的臉孔往下移，驀然看見妻子的雙手拿著一張比手掌稍微大一點的符紙。崇史瞇起了眼睛。過去自己從來沒有看過像那樣的符紙，上頭所寫的文字也是一個字都看不懂。

「那是什麼？」

「啊，壽子太太說要我拿著……」

妻子有些不知所措，低頭想要將符紙放在地上。

「不能放下來！」

壽子突然對著妻子怒吼。

「我剛剛不是說了嗎？這個符能夠保護妳的安全，絕對不能懷疑，一定要打從心底相信才行。我從小也因爲直覺太敏銳的關係，吃了很多苦，自從受了新藤大師的開導之後，我才能夠過輕鬆自在的日子。由美，妳如果遇上什麼憂愁或煩惱，就向新藤大師祈禱，一定能夠逢凶化吉的。」

新藤大師……這陌生的字眼，令崇史的喉結不自主地上下抖動。

強烈的驚愕，讓崇史感覺到一股涼意自腳底往上竄升。

——難道這就是她的目的？

一次又一次說出虛假的目擊證詞，導致自己夫妻的關係幾乎決裂，妻子甚至還爲此流產……崇史看著她塞到妻子手裡的古怪符紙，腦中浮現了一個可能性。

據說有些新興宗教會故意害他人變得不幸，藉此引誘對方入教。

崇史想到這裡，猛然又想起一件事，轉頭望向客廳的角落。

那個紅色不倒翁的底部不是本來寫著一些字跡，後來被塗掉了嗎？

崇史的手指不由得微微顫抖。理智在警告自己別再思考下去，思緒卻不受控制地繼續轉動。隱藏在那底下的字跡……會不會是一種詛咒？

不，不對。這根本不是重點。不幸的原因到底是不是詛咒，沒有任何辦法可以確認，而且那一點也不重要。重要的是這個女人正試圖從自己的家庭不幸中獲得好處。

他人的不幸，對這個女人來說是最開心的事，因爲這代表有了可趁之機。

壽子的手上，竟也拿著另一張符紙。崇史踏進客廳，將壽子拉離妻子的身邊。

「啊！」

壽子大聲尖叫，手上的符紙跌落在地，接著壽子一個踉蹌，一屁股坐在符紙上頭。

「啊啊！看你幹的好事！」

壽子發出悲痛的叫聲，手忙腳亂地往後退開，拾起地上的符紙。她小心翼翼地將符紙上頭的皺紋推平，那模樣看起來實在有些滑稽。

「啊啊……怎麼辦才好，變成這樣了……啊啊……」

「快拿著妳的東西，滾出我的屋子。」

崇史自背後將壽子架住，將她朝著玄關大門的方向拖行。壽子不斷發出「啊啊」的叫喚聲，同時兩手不停掙扎。崇史不管三七二十一地將她拉到門外，撿起玄關地上的白色涼鞋，舉到她的眼前。

接著崇史轉過身，同時放開了手。背後傳來涼鞋跌落地面的聲音，崇史充耳不聞，舉步走進門內。

「啊啊啊啊啊！」

壽子突然以猛烈的氣勢直撲而來。

圓睜的雙眼布滿血絲，嘴角流著唾沫，淒厲的聲音接近哀號，朝著崇史伸出雙掌。

目睹這一幕的瞬間，崇史的腦袋一片空白。

手掌好像碰到了不知什麼東西，耳中聽見低沉的吼叫聲，喉嚨感受到莫名的刺痛。

壽子那宛如狂暴野狗般扭曲的臉孔竟然逐漸遠離自己。崇史腦中的第一個念頭是「糟糕」，第二個念頭則是「好可怕」。

壽子的身體向後翻轉，腦袋狠狠撞在玄關門廊處的石階上。就在這一瞬間，崇史才驚覺自己將她推了出去。

不知道爲什麼，崇史竟完全聽不見那當下的一切聲響。

◆

在一場名爲「殺人犯遇上的靈異現象」的雜誌企劃活動裡，身爲受邀作家的榊從崇史的口中聽到了這起事件的來龍去脈。

這標題取得有點聳動，簡單來說就是以犯過殺人罪的人爲採訪對象，詢問他們曾經遭遇過什麼樣的靈異現象。

據說當初是因爲剛好有兩名雜誌讀者同時投稿到編輯部，聲稱有曾經因犯了殺人罪而服過刑的朋友撞見鬼魂。編輯靈機一動，決定爲此安排一個獨立的企劃案。編輯原本的想法，是想要採用連載模式，而且未來還打算針對此企劃出版單行本。然而實際開始募集之後，才發現沒有那麼簡單。當初那兩名讀者，編輯都成功請他們轉介紹撞鬼的朋友，並且進行了採訪。但是除此之外，卻很難再找到採訪對象。別的不說，光是要找到犯了謀殺罪或傷害致死罪而服過刑的更生人，且對方還願意接受採訪，就不是件容易的事。在這些人之中，曾經遭遇過靈異現象的人更是少之又少。

而且好不容易蒐集到的幾個實例，作爲怪談的題材實在都不太優秀。例如有個男人說他每個晚上都會夢見被害人站在枕邊，最後受不了而自首；有個女人說她在配合警方進行犯案現場勘查時看見了被害人的鬼魂，嚇得驚聲尖叫；還有人說他在犯案後就出現了嚴重的頭痛症狀，吃藥也無法好轉，卻在遭到逮捕後就自然痊癒了……全都是些了無新意的情節，實際採訪前就已能猜到大概是怎麼回事。當然這些故事都是當事人的親身經歷，從當事人口中說出來時確實令人心驚膽跳，但是一寫成文章，全都變成了陳腔濫調的老掉牙故事。除此之外，更有一些靈異現象很可能只是當事人因「心虛」而造成的錯覺。最後編輯只好放棄集結成書的念頭，改採用單期的特輯形式。

崇史所提供的這個親身經歷，當初榊花了非常長的時間進行採訪，將所有細節問得一清二楚，而且還費了很大的力氣才把錄音帶的內容全部寫成文字。最後卻因爲編輯認爲這樣的內容並不符合企劃的主題，因此沒有收錄在特輯之中。

在這則故事裡，雖然出現了「詛咒」關鍵性的字眼，但是大多數的人讀完之後應該都會認爲流產的原因是心理壓力而不是詛咒。而且故事的重點，也不是靈異現象，而是男人在遭到謠言攻擊時的心理變化。

然而這個故事並非到此就結束了。

在刊載這個特輯的雜誌發行後沒多久，榊曾爲了調查另外一個題材，而前往檢察廳調閱了訴訟紀錄。當時榊偶然想起崇史的案子，因此決定順便把崇史的訴訟紀錄也調出來看看。崇史因犯了傷害致死罪而遭判刑四年六個月，這點榊原本就已經知道了。榊想要確認的是從審判到定讞的過程。

回想當時崇史在接受採訪時的口氣，崇史似乎認爲自己推開壽子屬於正當防衛。但被害人是中年婦女，加害者是壯年男子，兩人在體格及體能上都有著極大的差異。而且受害者只是朝加害者撲了過來，手上並沒有攜帶武器，這樣的情況想必無法符合正當防衛的要件。然而在這樣的前提之下，榊很好奇法官對崇史的主張有著什麼樣的見解。

讀了一會，榊看見了一句「無法證實被告曾對妻子有不忠的行爲」，接著不久之後，又讀到了一段「被告主張被害人基於傳教目的而詛咒自己的家庭，甚至以虛僞的目擊證詞蒙騙妻子，企圖挑撥夫妻之間的關係」。然而繼續讀下去，法官卻認爲這只是被告的片面之詞，並沒有採信。主要的原因，在於壽子信奉的對象是單一的靈修人士，而非獎勵傳教的宗教團體。而且住在附近的其他鄰居，也證實壽子不曾向他們傳教。

此外，倘若壽子眞的如同崇史主張，是基於傳教目的而企圖製造可趁之機，照理來說壽子不會在死亡的前一刻說出「我親眼看見崇史殺了人」這種話。因爲當時崇史的妻子已陷入身心俱疲的狀態，壽子應該已達成了其目的才對。

但是另一名姓織田的鄰居也出庭作證，指出壽子常常對她說一些子虛烏有的話，可見得被害人很可能確實有說謊的癖好。

因此法官對於辯護方主張「加害人因被害人的屢次造謠而蒙受極大的精神壓力」的部分，某種程度上加以採納，所以檢方的求刑雖然是六年，但最後是以四年六個月定讞。

榊讀完了訴訟紀錄，大致理解了審判的過程。就在榊打算闔上訴訟紀錄簿的前一秒，紀錄中的一段話驀然吸引了榊的目光。

「被告整整三十分鐘沒有爲被害人叫救護車，嘴裡只喊著『別演戲了，我知道妳沒有死』——」

榊不禁皺起了眉頭，一股奇妙的感覺在胸口擴散。

自己好像曾經在哪裡聽過這句話。但是當初採訪崇史的時候，他並沒有提及失手殺害壽子之後的情況。既然如此，自己到底是在哪裡聽見了這句話……？

下一瞬間，榊倒抽了一口涼氣。

「我親眼看見了！你面目猙獰地把那個女人推出去，女人的頭上噴出鮮血……你還以顫抖的聲音對女人說……『別演戲了，我知道妳沒有死』……」

那不正是被害人壽子在意外死亡的不久前，曾經說過的話嗎？

這太荒唐了，不可能有這種蠢事……榊如此告訴自己。因爲以時間的先後順序來看，這完全不合道理。

但在同一時間，榊的腦海裡浮現了壽子曾說過的幾句話。

「你們是新的鄰居？」

壽子在崇史夫妻前往看房子的時候，就過來打了招呼。崇史告訴她「我們只是來看看而已，還沒有決定要買」，但她最後還是說了一句「以後請多多指教」。

此外，在崇史的妻子還沒有察覺自己懷孕的時候，壽子就問了一句「妳該不會是懷孕了吧」，而且接著她還強調「我的直覺從以前就很準」。

另外還有一點，壽子在形容與崇史幽會的女人時，曾提過她的髮型是「俏麗的妹妹頭」。到了壽子向妻子打小報告的隔天，中午與崇史一同用餐的女同事，頭上的髮型是「短髮」。

「……預知能力。」

榊不禁低聲呢喃。

因工作的關係，榊到目前爲止遇上過好幾個自稱擁有預知能力的人。榊自己也難以判斷那些人的「預知能力」是眞正的預知能力，還是隨口瞎猜。抑或，其實是使用了某種障眼法的騙術。但那些人有一個奇妙的共通點，那就是他們都很清楚自己所「看見」的是「未來的景象」。

假如看見的是鬼魂、妖怪之類「不應該存在於世上的東西」，目擊者當然能夠判斷那個東西不應該出現於一般人所熟悉的世界。但所謂的「未來的景象」，當然是有可能出現在現實中的景象。既然如此，那些人爲何能夠辨別「預知」與「現實」的差異？

當然，只要目擊者在過一陣子之後又看見相同的景象，就能確定當初第一次看見的是「預知的景象」。但是這只能在事後確認而已。爲什麼那些人能夠在事情眞正發生前就說出「預言」，而非只是放「馬後炮」？想到這裡，榊突然又想到了另一件事。有個靈修人士曾經告訴榊「我能夠清楚地看見鬼魂」。在一般人的觀念裡，鬼魂往往呈現半透明，或是沒有腳。但是根據該靈修人士的描述，鬼魂的模樣其實和活人並沒有兩樣，很難加以區別。所以剛開始的時候，他難以理解別人爲什麼無法看見那些鬼魂，因而惹出了不少麻煩。

——或許壽子的狀況也是這樣。

當初崇史要求壽子拿出證據的時候，壽子曾說過這麼一句話：

「原本是有的……我本來想要用手機拍下照片，但不曉得爲什麼，怎麼拍就是拍不好……」

她沒有辦法順利拍下照片，或許正是因爲她不知道她所看見的是未來的景象。因此她才會說出那些「謊言」，並且對自己所看見的景象深信不疑。

榊從紙面上移開雙手，訴訟紀錄簿自行闔上了，但是榊依然愣愣地站著不動。激動的情緒，讓他久久不能自已。

第四篇

爲什麼不來救我

刊載於《小說新潮》二〇一八年一月號

這是發生在任職於美甲沙龍的智世身上的故事。

大約一年前，智世結了婚，搬進丈夫和典的老家，與婆婆靜子住在一起。與婆婆同住有很多理由，一來老家有現成的空房間可以住，二來距離老家最近的車站是飯田橋站，要前往智世工作的新宿相當方便，三來公公已經過世，婆婆靜子的腳又行動不便，讓她過獨居生活實在太可憐了。

朋友聽到智世突然得和婆婆同住，都對智世寄予同情，但是靜子在變得不良於行之前一直從事和服裝扮師的工作，因此並不反對智世在婚後繼續工作；對兒子及媳婦的個人隱私也相當尊重，所以智世本人對於與婆婆同住並沒有太大的不安或不滿。

實際一起生活之後，婆媳之間也幾乎沒有發生過任何口角摩擦。智世甚至覺得靜子比自己的親生母親還要和自己合得來，假日經常向靜子請教廚藝，而且兩人會互相把自己喜歡的書借給對方看。

唯一的困擾，是智世在嫁進夫家後，晚上開始會作奇怪的噩夢。

在那夢境裡，智世一開始會感覺自己正仰躺在被鋪裡。自胸部以下蓋著一條沒有花紋的純白棉被，那棉被雖然很薄，卻是異常沉重，智世感覺身體受到了輕微的壓迫。

接著智世聞到一股焦臭味。坐起上半身的瞬間，一股熱風迎面撲來。智世嚇得忘了呼吸，喉嚨感覺到一陣刺痛。眼前是一大片火海，智世的腦海裡浮現了「火災」兩字。

遲疑了半晌之後，智世才想到要逃命，趕緊爬出被鋪。快逃、快逃……智世朝著另一側沒有火焰的方向胡亂奔逃，卻找不到出口。不知道爲什麼，紙拉門文風不動，怎麼拉也拉不開。兩扇門扉的密合處貼著一張符紙，彷彿將門封印住了。智世吃了一驚，轉頭環顧四周，發現牆壁及天花板上也貼了好幾張符紙。智世心中一慌，眼前變得白茫茫一片，連哪個方向是火海也搞不清楚了。眼球突然感到劇痛，彷彿遭細針貫穿一般，眼淚流個不停。咳了一聲之後，就再也無法停止咳嗽，愈是想要呼吸，愈是感到呼吸困難。

智世不禁停下了腳步。轉頭一看，連自己來自哪個方向也不知道。智世又驚又怕，奮力舉起雙手亂揮，但手指只是不斷撥弄著空氣，什麼也觸摸不到。怎麼辦？這裡是哪裡？爲什麼會發生火災？就在智世思考著這些問題的瞬間，內心驀然驚覺自己並不是第一次思考這些問題。

——啊，我在作夢。

雖然想通了這一點，但心情並沒有因此而變得比較輕鬆，反而更加陷入慌亂。因爲智世很清楚沒有任何辦法能夠讓自己從這個夢境中醒來。

這樣下去會被燒死，得快點醒來才行……智世焦急地眨動雙眼，用力拍打自己的臉煩。但不管怎麼做，不管對自己說幾次「我在作夢」，都無法結束這場噩夢。

半晌之後，智世開始失去自信。自己眞的是在作夢嗎？明知道這是夢境，卻無法醒來，這不是很奇怪嗎？如果是在作夢，怎麼會這麼疼痛、這麼難受？到底什麼是夢？爲什麼自己能斷定自己在作夢？有沒有可能自己過去認定的現實，其實才是夢境……？

每次作這個夢，智世最後一定會活生生被大火燒死。

明明只是一場夢，而且自己也知道只是一場夢，皮膚燒焦的痛楚及窒息感卻是如此眞實而強烈。

自己或許再也無法醒來了。或許眞的會死在這裡。如果眞的死了，或許就不用再忍受這種痛苦的滋味。智世在混亂的意識中拚命呼救，即使已經無法呼吸也無法說話，內心還是不斷吶喊著。救我……救我……誰快來救我離開這個地方……

但是沒有任何人前來拯救智世。智世再也走不動了，卻還是拚命想要逃走。整個人趴倒在地，卻還是伸出右臂想要往前爬行。就在這一瞬間，突然有一大團灼熱的物體壓在智世的背上。智世發出了無聲無息的慘叫，眼前變得一片漆黑。好痛、好燙、好可怕……滿腦子只剩下這些感受，意識逐漸遠離，接著智世終於從噩夢中醒了過來。

睜開雙眼，看著熟悉的寢室天花板，智世依然有好一會無法移動身體。身上全是汗水，呼吸粗重且微微顫抖。智世拚命舉起沉重又僵硬的雙臂，確認自己的手指完好如初，才終於體認到自己已經清醒了。

使盡力氣讓不聽使喚的身體離開床面，按著疲軟無力又不停顫動的膝蓋，才能緩緩站起來。接著踉踉蹌蹌地走下樓梯，進入廚房，一口氣喝乾一杯冰涼的麥茶，終於有了活過來的感覺。下一秒，全身突然像洩了氣的皮球一樣，整個人癱坐在地上。

像這樣的情況，每個月大約會發生兩次。

明明是作夢，醒來之後卻依然記得清清楚楚，而且確信自己並不是第一次作這樣的夢。而且如果仔細回想，會發現自己每次都是在相同的時機察覺自己正在作夢，每次都會拚命呼救，在濃煙中胡亂奔走，最後動彈不得，遭重物壓在背上而慘死。

爲了避免在夢境中落得相同的下場，智世也曾試著在察覺自己正在作夢後，將行動從胡亂走動改成靜靜待在原地等待救助。但是不管怎麼改變做法，最後的結果都一樣。

剛開始作這個夢的時候，智世沒有把這個夢境的內容告訴任何人。一來描述起來實在太可怕，二來害怕說明的過程會讓記憶更加深刻。

但是到頭來就算從來不提，記憶也不曾消褪。總是不時浮上心頭，帶來憂鬱的心情。而且過了不久，又會作相同的夢。

智世再也無法把這件事悶在心裡，最後決定壓抑住聲音的顫抖，對和典說出這個煩惱。或許和典會笑自己爲了夢境的內容而大驚小怪，那也沒關係。或許那反而能讓自己的心情舒服一些。

沒想到和典聽了之後，竟然臉色大變。

「最後……是不是有一根燃燒的柱子倒在妳的背上，把妳壓死了？」

「你爲什麼知道……」

智世嚇得說不出話來，因爲自己只說了發生火災被燒死而已，完全沒提到背上感受到灼熱及衝擊的部分。智世原本並不曉得壓在背上的東西是燃燒的柱子，但仔細一想，那確實是柱子沒錯。和典拉著一臉驚愕的智世，走到靜子面前說道：

「智世也作了那個夢。」

靜子一聽，霎時倒抽了一口涼氣。

「這怎麼可能……」

靜子低聲呢喃，以兩手摀著臉，幾乎哭倒在地上。

「啊啊……智世……怎麼會……」

「和典……」

智世完全摸不著頭緒，拉了拉和典的袖子，以眼神向他詢問。和典以沙啞的嗓音說了一聲「沒事」，更是讓智世一頭霧水。靜子也沒有再繼續說下去，智世只好主動問道：

「能告訴我……發生什麼事了嗎？」

以手掩面的靜子聽到智世的詢問，肩膀忽然劇烈顫動。但她依然縮著身子默然不語，並沒有回答這個問題。

「啊啊，怎麼會有這種事……本來還以爲那已經結束了……」

靜子獨自呢喃。

「到底是什麼事？」智世繼續追問。

和典這時才說道：

「媽媽也曾作過這個夢。」

智世驚訝得整個人幾乎跳起來，轉頭望向靜子。靜子抬起頭來，臉上滿是淚水，緊緊握住了智世的雙手。

「智世，那個人影走到哪裡了？」

「人影？」

智世皺起了眉頭，不明白靜子在問什麼。靜子卻似乎已得到了答案，點了點頭。

「看來還沒到那個階段。」

「什麼階段……？」

「妳聽我說，或許目前妳會認爲這個夢的結局每次都一樣，但是再過一陣子之後，妳會在濃煙之中看見一道人影。」

靜子如此解釋，依然緊握著智世的手。

「那道人影剛開始的時候相當模糊，連是男是女都看不出來，但隨著作夢的次數增加，人影的輪廓也會愈來愈鮮明。那個時候妳會發現周圍白茫茫一片，連妳原本睡覺的床也看不見了。」

智世凝視著靜子，不知該如何回應。

靜子面對著智世，眼神卻在半空中游移，並沒有落在智世的臉上。

「我在作這個夢的時候，剛開始我以爲那個人是來救我的。只要那個人一來，我就安全了，那個人一定會把我救出去，我就不用再作這種夢了……不知道爲什麼，我抱著這樣的想法，拚命地向那個人呼救……救命、救命、快點來救我……」

但是在重複了數次相同的夢境之後，那道人影的模樣逐漸清晰。那竟然是一個年輕的女人，而且嘴裡不停說著話。

「那個年輕女人的說話速度非常快，我完全聽不懂她在說什麼，只知道她好像在吶喊……『妳還愣在那裡做什麼？還不趕快逃命！』我總覺得她彷彿對我這麼喊，所以我也對著她大喊『我什麼也看不見，沒辦法逃走』……」

但是又過一陣子之後，人影的說話聲也變得逐漸清晰，靜子才發現她喊的不是那樣的話。

——爲……麼……來……我……

那聲音明顯夾帶著怒氣。那道人影是以非常快的速度破口大罵。

——爲……麼……來救我……

當能夠聽到這種程度的時候，靜子明顯感受到那道人影所流露出的強烈恨意。

那個女人並不是爲了救我而來到這裡。

靜子終於驚覺這一點，同時也感受到強烈的不安。

如果那道人影來到自己的面前，她會對自己做什麼？

原本靜子衷心期盼那個人趕快來到自己的身邊，如今心中卻充滿了恐懼。或許那個女人是被自己大喊「快來救我」的聲音吸引來的。靜子抱著這樣的想法，改口大喊「別過來」，但是那道人影還是不斷逼近。

那段時期靜子到處找神社及靈修人士幫忙驅邪，但是都不見成效。有時好一陣子沒有再作夢，以為已經沒事了，內心盼望著這件事情終於落幕了，然而最後期望總是落空。

由於除了自己以外的家人都沒作過這樣的夢，靜子不禁懷疑原因在自己身上。但是靜子左思右想，實在想不到會讓自己作這種噩夢的可能理由。更何況在搬進這個家之前，自己也不曾作過這樣的夢。這麼說來，難道是房子有問題，只是唯有自己才感應得到？但是靜子從小並沒有特別強的靈異感受能力，也從來沒有見過鬼魂，因此這個推論也讓靜子半信半疑。然而除此之外，靜子已想不到任何可能的狀況。

為了找出原因，靜子努力調查了關於自己所住的房子及土地的一切歷史資料。但不管是現在所住的房子，還是之前拆掉的房子，都沒有曾經發生過火災的歷史紀錄。難道是戰爭時期有人在這裡因空襲而死亡？若是這樣的話，類似的情況應該出現在很多地方，而非只在這一小塊土地上。

到頭來，靜子什麼也沒查到，身體卻是一天比一天衰弱。不僅患了失眠症，食慾愈來愈差，精神狀況也變得起伏不定。

或許只要離開這棟房子，問題就能迎刃而解。但靜子提出搬家的要求，卻遭丈夫的雙親拒絕。雙親反對兒子和媳婦搬出去外面住，當然也不同意將房子賣掉。公公責罵靜子只

不過是作了幾次噩夢就大驚小怪，婆婆則語帶譏諷地說一定是靜子堅持要繼續工作，

然而在這段束手無策的期間，夢境依然持續進展，人影已來到前方數步外的距離，聲音也只差一點就能聽得清楚了。

然而靜子此時已不想聽清楚那人影說的話，也不想看清楚那人影的模樣。什麼也不想知道，一心只祈求不要再發生更恐怖的事情。她閉上雙眼，摀住耳朵，用力甩著頭，細波浪的長髮沾黏在臉頰上。

但是有一天，靜子終於還是聽懂了那人影所說的話。

——爲什麼不來救我。

爲什麼不來救我……如此出乎意料之外的一句話，讓靜子驚愕地瞪大了眼睛。她爲什麼會這樣說？長久以來一直在求救的人，應該是自己才對。

然而靜子在夢中的意識，就到此結束了。

後來夢境裡又發生了什麼事，靜子說什麼也想不起來。而且從那天起，靜子發了超過四十度的高燒，整整兩個星期生命垂危。這段期間裡，靜子一次都沒有醒來。血液檢查的結果，代表體內處於發炎狀態的數値高得嚇人，醫師也交代家屬「要作好心理準備」。

以結果來看，靜子當然是撿回了一條命。雖然長時間發高燒的結果帶來了左腳麻痺的

後遺症，但至少從此之後再也沒有作過那種夢了。

然而同樣的悲劇如果再度上演，這次可不見得能活下來。更重要的一點，是靜子不希望智世和自己一樣承受那些痛苦——靜子淚流滿面地說道。在她的建議下，智世夫妻決定賣掉房子。

此時智世所作的夢，正處於隱約可以看見人影的階段。

◆

我獲得智世親口向我敘述這件親身經歷的機會，是因爲我在二〇一七年八月，於《小說新潮》上發表了〈妄語〉一文。

負責整理〈妄語〉的是新潮社校閱部的一位姓綿貫的部員。有一天，他在熟稔的小酒館裡，與一位姓本間的不動產公司職員閒話家常。

綿貫向本間提到了〈妄語〉這篇作品的內容，並且說了一句，「果然買了房子之後，就算隔壁鄰居是怪人，也很難說搬就搬呢。」本間順著這個話題，告訴綿貫，「其實我現在負責的房子，也發生了靈異現象。」

簡單來說，智世一家人爲了將房子脫手賣掉，找上了本間所任職的不動產公司。

智世夫妻表示希望盡快將房子賣掉，新的住處卻沒有著落，而且夫妻並沒有調職，因此雖然要將這棟房子賣掉，但想要在附近尋找類似的房子……本間聽到這麼古怪的要求，忍不住問了理由。智世認爲不能給買下這棟房子的人添麻煩，因此詳細說明了來龍去脈。

在說明之前，原本智世有點擔心本間會認爲自己腦袋有問題，但本間剛好是個擁有陰陽眼的人物，因此表現出了感同身受的態度。而且本間在實際前往智世的家裡查看時，雖然沒有看見鬼魂，不過確實感覺氣氛異常陰森。

然而這算不算是「心理瑕疵」房屋，對買家是否負有告知義務，卻是值得商榷的問題。如果將心理瑕疵房屋以較狹隘的方式定義爲「曾發生自殺、意外死亡或老人孤寂而終的房屋」，那麼這棟房子當然不算是心理瑕疵房屋。但若問這棟房屋的情況一般而言是否會造成買家在心理上的排斥感，答案肯定是「會」。當然如果降價出售，可能會找到即使知道內情還是願意購買的人。但是到底該不該購買，買家還是有事先知悉且加以判斷的權利。

煩惱了一陣子之後，本間下了還是應該告知的結論。但如此一來，賣價勢必得壓得很低。智世一家人原本對這一點已有所覺悟，但聽到實際的估價金額時，還是嚇了一跳。

「這麼少？」

和典驚訝得瞪大了眼睛，靜子也低聲呢喃：

「只有原本的四分之一呢。」

「四分之一？」

本間忍不住問道。

「沒有啦，那是從前的事了。」

靜子急忙揮著手說道：

「泡沫經濟還沒有崩盤的時期，曾經有地產開發商說希望在這一帶興建投資用的高級公寓，想要買下這棟房子。不過那是在我嫁進這個家之前發生的事，詳情我也不清楚，只知道當時對方出價超過兩億圓。」

靜子說到這裡，又自顧自地呢喃了一句，「不過畢竟那是泡沫經濟時期，現在當然沒那個行情了。」本間也點點頭，應了一句「那個時期的狀況比較特殊」。

靜子似乎還是有些難以釋懷，接著又一邊嘆氣一邊說道：

「如果當時賣掉就好了……但是那時候夫家才剛花幾百萬圓整修了水管設備，還更換了壁紙及地板。他們捨不得這段期間投入的金錢及時間，所以拒絕了地產商。他們認為今後還會有很多人要來買這棟房子，價格也會持續看漲，等到再漲個幾百萬圓才脫手賣出，就能把整修費用也賺回來。」

但是不久之後，泡沫經濟就崩盤了，房子再也沒有脫手賣掉的機會。

「原來如此。」本間以低沉的口氣應了一聲。

在那段時期，這樣的例子可說是層出不窮。本間自己是在泡沫經濟崩盤之後才進入不動產公司工作，因此並沒有實際遇上，但在不動產業界待久了，類似的悲劇可說是聽到耳朵都長繭了。

而且在這一類案例中，最常聽見的一句話是「太可惜了」。投資了那麼多錢，眞是太可惜了。只差一步就能賺進大把鈔票，眞是太可惜了。

正因爲沒有辦法實現，所以感到惋惜的心情會無限膨脹。每次聽到這句話，本間總是會感到內臟微微收縮。只要牽扯上這句話，任何人都會將理性拋到九霄雲外。

以靜子的公公、婆婆爲例，如果當初地產商說的不是「我想要拆掉你們的房子來蓋高級公寓」，而是「我想要買你們的房子，而且會將房屋因整修而提升的價値補貼給你們」的話，或許他們最後會決定賣掉房子，即使最後拿到的金額是一樣的。

而且正因爲靜子還抱著「太可惜了」這個想法，所以才會對當時的金額念念不忘。

本間雖然對他們寄予同情，但爲了以高價賣出房屋而刻意隱瞞房屋情況，實在違背職業道德。有沒有辦法靠請人驅邪來解決這個問題？即使最後他們決定不賣房子也沒關係……

就在本間這樣盤算時，剛好聽綿貫聊起〈妄語〉這篇作品，於是本間也忍不住把這棟房子的事說了出來。

後來綿貫把這件事告訴了《小說新潮》編輯部的編輯小林，小林把這件事告訴了我。我向榊提起這件事，榊把身體湊了過來，一副興致勃勃的態度。

「喂，這可眞是上等貨。我們去見見這位智世小姐吧。」

「爲什麼要去見她……？」

「聽了這種眞實體驗還能坐得住，就不是個稱職的靈異作家。」

「我本來就不當自己是個靈異作家……」

「妳說這種話就太無情了，別忘了我還曾經把題材讓給妳寫。」

被他這麼一說，我登時無可辯駁。

「我想那位智世小姐應該也想要一些客觀建議，何況如果有必要的話，我也可以介紹一些能幫他解決問題的人。總而言之，我們先想辦法透過那位姓綿貫的部員，和那位本間先生取得聯絡，然後再請他居中介紹吧。」

榊這麼慫恿我。我原本有些遲疑，但後來決定姑且一試，透過那些人輾轉聯絡智世一家人。沒想到結果出乎我的意料之外，智世很爽快地答應與我們見面，接受我們的採訪。

後來我們從智世口中問出來的故事，就是這第四篇一開頭的內容。

智世是位身材嬌小的女性，剛滿二十六歲，身上的穿著帶有獨特的異國民族風格，卻又顯得自然而率性。包含劉海在內的頭髮都編成了一條條細辮子，這些細辮子又被束在一起，在頭頂上綁成了一個漂亮的包包頭。這樣的髮型同時強調了頭部的嬌小及頸部的細長。或許因爲她本人是美甲師的關係，她的指甲上塗著由水藍色及白色組成的凝膠指甲油，看起來像是美麗的白雪。我稱讚她的指甲塗得可愛，她露出了充滿魅力的靦腆笑容。

「請用，希望合你們的胃口。」智世在桌上擺了一些西式糕點。

「這家店雖然不是什麼名店，但是吃起來相當順口，還加了一點讓人驚豔的食材，具有提味及增加口感的效果。」

靜子跟著說道：

「所以我們家只要有人生日，都會吃這一家的蛋糕。」

她說到這裡，忽然以手掌輕掩嘴角，「哎喲，不好意思，我太多話了。」那模樣相當可愛，我不禁心想，這兩位女性實在有幾分相似。當然智世與靜子並沒有血緣關係，所以長相並不一樣，而且智世是長髮，靜子卻是短髮，乍看之下的形象也截然不同，但是散發出的氛圍卻非常接近。或許是和典在不知不覺中喜歡上了性格與母親相似的女性也不一定。

和典本人看起來也是個相當好相處的人。他身穿白色POLO衫，帶有一種清潔感。

「對不起，我很少看推理小說，因爲常常看了結局還是一頭霧水。」他一臉歉意地對我這麼說。

我看他手上拿著我的出道作，似乎是爲了今天要見面而特地買來讀的。在智世描述她的奇怪遭遇的過程中，和典一直對著智世露出關懷的眼神。有時智世激動得說不出話，和典還會輕輕把手放在她的背上。

事實上，這棟房子給我的印象也與這一家人給我的印象相當接近。房屋仲介公司的本間形容這種房子有股難以言喻的陰森感，可是我完全沒有這種感覺。外牆所使用的深褐色木材雖然一看就知道相當老舊，但也看起來並不陰鬱，反而給人沉穩厚重的感覺。整理得乾淨整齊的庭院裡，有一棵壯觀的柿樹，旁邊並排著一小片一小片的區域，看起來像是玫瑰花園及家庭菜園。雖然整個庭院缺乏一致感，但是可以看得出來家人之間的互相尊重，可以說是一個雖然雜亂但相當熱鬧的庭院。

屋內的東西雖然不算少，不過相當整齊，隨處可見可愛的兔子擺設、保鮮花束、迪士尼動畫人物的玩偶和坐墊，以及水果靜物畫等等。整體而言動畫人物的擺飾物似乎有點過多。我爲了想找個閒聊的話題，刻意問道：

「你們常去迪士尼樂園嗎？」

和典聽我這麼問，訕訕地說道：

「不是，那些都是從夾娃娃機夾來的。我們這邊的車站附近有一間電動遊戲場，每次看到只差一點點就可以夾到的娃娃，我就會忍不住想要試試看。」

這似乎是和典感興趣的話題，他突然變得相當饒舌，如連珠炮般說道：

「對付不同的夾娃娃機，就要使用不同的戰術。最近有很多機臺爲了不讓客人輕易夾到獎品，會把夾子的夾力設定得很弱，沒辦法把獎品完全夾起來，有時甚至夾子的左右兩邊力道不一樣大。因此在夾的時候，必須多嘗試幾種夾法，例如以夾子勾住獎品的某個部位，或是用一些方法改變獎品的位置。大部分的情況，都是事後才後悔怎麼會花那麼多錢來夾這種東西，但有時也會一下子就輕易夾到，所以實在讓人戒不掉。」

「……我非常能夠體會。」

我垂頭喪氣地說道。我從前也曾經爲了夾一個我很喜歡的動畫人物商品，花了數千圓。當時店員或許是看我一直沒夾到實在很可憐，偷偷幫了我一把，終於讓我夾到了。如果沒有店員的幫忙，想必我會一直到最後都夾不到，而且又無法放棄，到頭來砸下更多錢卻血本無歸。

「沒錯、沒錯，有時明明一直夾不到，偏偏每次都有一點進展，這時就會心想都已經到了這個地步，怎麼能夠功虧一簣。」

和典聽了我的親身經歷之後，將身體湊過來說道：

「有時好不容易放棄了，接著在看別人夾的時候，又想到了可能可以成功的辦法，這時候又會忍不住下海繼續夾。」

「沒錯……」

我愈聽愈覺得胃部異常沉重。驀然間，我回想起了讀大學時期發生在朋友身上的一件往事。當時那朋友花了超過兩千圓想要夾一包零食卻沒成功，但是那包零食在超市的販賣價格不到五百圓。那朋友氣得頻頻咂嘴，臉色相當難看。在那之前我從來沒見過他露出那樣的表情。後來那朋友怒罵一聲「當我是白癡嗎」，離開了機臺邊，不久之後還是走回去繼續嘗試。到最後他總共花了大約兩千五百圓，才終於夾到了那包零食。至於他在吃那包零食時臉上帶著什麼樣的表情，我已經記不得了。

我感覺一陣苦澀的味道在口中擴散，趕緊啜了一口紅茶。和典以俐落的動作站了起來，走到另外一間房間，捧來一大堆動畫人物商品。大型布偶、馬克杯、坐墊、筆記本套組、小置物包、浴巾……數量多得幾乎可以開店了。

「有什麼喜歡的，儘管帶走吧。」

「咦？可是……」

我聽他這麼說，不禁左顧右盼，有些不知如何是好。

和典苦笑著說：

「這麼多東西，堆在家裡也不是辦法。如果妳能帶一些走，也算是幫了我們大忙。」

智世此時也說了一句：

「如果不嫌棄的話，請盡量拿走吧。」

於是我轉頭面對那些動畫人物商品說：

「那我就不客氣了……」

我本來想要拿起一個孩子應該會喜歡的大型布偶，但我的手伸到一半突然僵住了。老實說，一個放在這種發生靈異現象的房子裡的布偶，要我送給孩子，我實在是有點心裡發毛。我遲疑了數秒鐘，最後決定拿了筆記本套組。不管是採訪內容、創作靈感，甚至是小說正文，我大部分都是寫在筆記本裡，因此筆記本對我來說是多多益善。

我才剛對他們說完這句話，和典突然眉頭一皺，以自嘲的口吻說道：

「明明沒賺多少錢，還把錢浪費在這種地方。」

突然聽見如此自我貶低的一句話，我著實嚇了一跳，反射性地低頭望向剛剛和他交換來的名片。但就算沒看這一眼，我還是想得起來他的工作是什麼。因爲剛開始的時候，我們還針對這件事閒聊了一會。他是一名自由攝影師。基於工作上的需要，榊和我都有不少接觸攝影師的機會。

「如果是收入多的智世做這種事，那也就罷了。」

和典繼續說著，場面不禁有些尷尬。我不知該怎麼回應，只好低頭不語。

本來以爲智世聽了這兩句話，大概也正感到困擾，但她只是輕輕歪著頭說：

「但我很喜歡迪士尼呢。」

「嗯，所以我只玩有迪士尼角色的機臺。」和典露出些許自負的表情，原本凝重的氣氛緩和了不少。

「謝謝。」智世旋即說道。

我不禁暗自讚嘆智世化解尷尬氣氛的能力。身旁的榊也發出了嘆息聲，我本來以爲他也正感到佩服，但轉頭一看，只見他露出百思不解的表情地咕噥道：

「那句話是什麼意思？」

「哪句話？」

「『爲什麼不來救我』。」

他想也不想地回答了我的問題。

智世的表情瞬間有如凍結了一般。

「那句話可以有很多種解釋方式。」

榊繼續說著，似乎完全沒有察覺氣氛的變化。

「有可能是像鏡子一樣即時映照出了智世小姐正在呼救的當下模樣，也有可能是從前有個沒有得到救助而慘死的女人，智世小姐被拖進了那個冤魂的夢裡。要不然，就是智世小姐再怎麼呼救也得不到救助的未來景象。換句話說，那句話有可能代表著現在、過去，或是未來。」

榊說得輕描淡寫，我卻聽得心下駭然。如果那道人影是未來的智世，那或許代表智世會在噩夢裡遭到殺害，自己變成了厲鬼。如此不吉利的話，怎麼能在當事人面前說出口？

但智世只是輕輕點頭，一點也不顯得驚慌。

「其實我自己也有這種感覺。」

「啊……」

靜子此時忽然發出一聲輕呼。她以手掌輕掩唇邊呢喃說道：

「對了……」

「妳想到什麼線索了嗎？」

「倒也稱不上是線索，只是剛剛榊先生提到了過去、現在、未來……讓我想到當初我確實懷疑過那是發生在未來的事情。」

榊湊了過去。

「噢？那是爲什麼？」

「我在夢中的房間裡看到了一些符紙……裡頭有些似乎是我後來向附近的神社及靈媒求來的。」

靜子忽然起身，快步走出客廳。不一會，帶著四張老舊的符紙走了回來。她將符紙等間隔排列在桌上，輕輕縮回了手。

「不過符紙每一張看起來都大同小異，或許是我多心了。」

「如果不是多心……這代表夢境是取得了符紙之後的未來景象？」

「或許吧，其實我也沒有仔細想過這個問題。」靜子點了點頭。

「這麼說確實有道理。」

榊也點頭說道：

「『未來』是最合理的解釋。如果是現在，那句話應該會變成『快來救我』。而如果是過去，應該能找到一些相關的歷史紀錄。」

我跟著點點頭，拿筆圈起寫在筆記本上的「過去、現在、未來」中的「未來」。

但榊又聳了聳肩，接著說：

「但是想要爲靈異現象找出一個合理的邏輯解釋，或許本身就是個不合理的行爲。」

我聽到這句話，不禁心中一驚。

——這麼說也有道理。

過去我一直認爲怪談與推理小說很適合搭配在一起。所謂怪談，嚴謹來說是一種以神祕現象爲主題的故事。在探討「爲什麼會發生這種難以解釋的現象」的過程，其實就包含了推理小說的成分。

說得更明白點，當我們在認定一個現象爲靈異現象之前，我們必須要做一件事，那就是檢驗這個現象能不能以常理來加以說明。有些現象乍看之下像是靈異現象，但是經過分析驗證之後，往往會發現能夠以常理解釋。唯有經過這樣篩選，才能讓眞正無法以常理解釋的奇妙現象清楚地呈現在我們面前。

但是這樣的做法卻也有可能導致誤判。有些現象或許眞的是凡人無法理解的靈異現象，只是在常理中「剛好可以找到合理解釋」而已。既然靈異現象是一種超越凡人智慧的現象，想要以常理強加解釋的行爲本身就包含著錯誤的心態。

這有點類似推理小說界經常提出來探討的問題——「推理小說無法徹底排除偵探所掌握的線索不夠充分或有誤的可能性，當然也就無法證明偵探所提出的論點絕對正確無誤。」

同樣的道理，也可以套用在靈異現象上。就算根據自己掌握的線索找到「合理解釋」，言之鑿鑿地聲稱「這就是靈異現象的眞相」，那也只是沒有經過驗證的空談，就算再怎麼犀利與合理，也無法與眞相劃上等號。

「但是對智世小姐來說，重要的不是找出靈異現象的原因，而是找出化解的方法吧？」榊接著說道。

智世深深點頭，我心裡也暗想確實是如此沒錯。智世追究靈異現象的原因，只是認爲或許能夠從中發現化解之道。

「如果你們有需要的話，我可以介紹跟我很熟的驅邪師父給你們認識，但那個人能不能幫你們找出原因，我就不敢保證了。」榊又說。

智世一家人同時抬起頭，表情豁然開朗。

「但如果你們已經決定要把房子賣掉，或許也不需要驅邪了。」

「不，請務必幫我們介紹。」

榊的話還沒有說完，和典已搶著說。

接著智世與靜子也同時低頭鞠躬。

「麻煩你了。」

「好，那我聯絡看看。」榊以幾乎接近例行公事般的口吻說道，接著當場打起了電話。他在電話裡只簡單說了一句「有人想找你驅邪」，接著便安排起了時間。難道對方完全不須要知道詳細情況？我心裡正爲此感到納悶，榊忽然抬起頭來，「對方說依你們的情況，最好盡早處理，不如就約明天或後天如何？」我心裡更是詫異，榊什麼也沒說，對方怎麼會知道智世一家人的情況？

智世也吃了一驚。

「……明天應該沒有問題。」

榊於是朝著電話另一頭的人說：

「沒有問題，那就約明天吧。」說完便結束了通話。

「榊先生，請問電話裡的人是……」

「這方面的專家。」

榊回答得簡潔有力，彷彿在回答一個經常受人詢問的問題。

榊所帶來的驅邪師父自稱姓陣內，看起來就是個相當平凡的老爺爺。如果走在路上，像這樣的人肯定是問路的最佳對象吧。所謂的驅邪作法，也只是雙手合十，長時間跪坐在地上不動而已。

如果是在神社接受除厄去邪的儀式，神職人員會詠唱祝詞，並且揮舞名爲「祓串」的法器。偶而在電視上看到以靈異現象爲主題的特別節目，負責驅邪的大師也會一邊大喊九字眞言一邊擺出各種手勢。但陣內什麼也不做，看起來總覺得少了點什麼。陣內偶然轉過頭來，我忍不住咕噥了一句「原來驅邪這麼安靜」。這句話一出口，我才驚覺這麼說實在太失禮，不禁暗自後悔。

「常有人覺得很意外。」陣內慢條斯理地說道。接著他瞇著眼睛淡淡一笑，擠出了眼角的皺紋。

「有些人的作法是會大聲斥喝，但我習慣合十默禱，這樣比較能集中精神。」陣內臉色和藹地說明完之後，再度合攏雙掌。

「再一下就好了。」他最後說完這句話，便又靜止不動了。

三分鐘、五分鐘、十分鐘……時間一分一秒過去，我心裡不禁有些惴惴不安，但陣內再也沒有抬頭，我也不敢再發出一點聲音。

轉頭一看，智世一家人也都露出憂心忡忡的表情。唯獨榊依然是一副滿不在乎的態度，似乎對這樣的事情已經習以爲常了。

過了一會，智世也閉上眼睛，合攏雙手。和典、靜子見狀，也跟著併攏雙手。我心想好歹我也該幫一點忙，於是跟著模仿他們的動作。

「請救救智世小姐吧……」我試著這麼祈禱，但就在這一瞬間，那句「爲什麼不來救我」浮上腦海，令我感覺到心頭一震。我略一遲疑，最後決定改爲默禱，「對不起，沒來得及救妳，妳一定很痛苦、很難受吧？希望妳能早日獲得解脫……」

「快停下來。」

頭頂上突然傳來說話聲，令我錯愕地抬起了頭。

不知從何時開始，陣內竟然轉頭看著我，神情頗爲嚴峻。

「如果妳不想與這個鬼魂結緣，就不能隨便說出那種表現善意的話……和典先生也是，詢問原因同樣相當危險。」

和典一聽，跟著瞪大了眼睛。我看得出來他的表情正在訴說著「你怎麼會知道」。不管是我還是和典，默禱時都沒有發出聲音。更何況陣內一直背對著我們專心祈禱，照理來說他甚至不會發現我們跟著做出了雙手合十的動作。

我正摸不著頭緒，榊突然說了一句「我說過了，他是這方面的專家」。

陣內接著說道：

「有時我們會在十字路口會看到路旁供著花，這種時候也最好不要合十膜拜。爲他人祈禱雖然是善事，但是爲陌生的亡魂祈禱會結下原本沒有的緣分。」

他說到這裡，忽然雙眉下垂，轉頭望向智世。

「很可惜，那亡魂與這個家的緣分已經太深了。」

當陣內在說這句話時，語氣充滿了遺憾。

「就好像摔倒時受傷的傷口裡混雜了一顆石頭，當上面的皮膚癒合，石頭就成爲身體的一部分，再也無法取出。」

「不能把皮膚重新切開，將石頭拿出來嗎？」智世問道。

陣內無奈地搖了搖頭。

「如果硬要取出，會連血肉也一起剝離，如果這麼做，妳自己也會受到相當程度的傷害。」

「那該怎麼辦才好……」

此時陣內忽然轉頭望向靜子。他的視線朝靜子下半身那麻痺的左腳輕輕一瞥，但他什麼話也沒說，又轉頭望向智世。

「那亡魂雖然與這個家結了很深的緣，但與智世小姐之間的緣並沒有那麼深。只要能及時搬家，斬斷妳與這個家本身的緣，那亡魂應該就不會再跟著妳了。」

「緣……」

和典低聲呢喃，彷彿想要看穿這個字眼的本性。

「或許形容成『投緣』更加貼切吧。」

陣內微微歪著頭說道：

「人與人之間可能投緣，可能不投緣。靈異現象與人之間也是一樣的道理。這與智世小姐、靜子小姐過去做了什麼無關，當然也不是因果報應。」

智世一家人明明完全沒有說明過整件事情的來龍去脈，陣內望著兩人的眼神卻充滿了勸慰之意。他交給智世一個護身符袋，說道：

「雖然可能沒辦法發揮什麼太大的效果，但總是聊勝於無。」

「謝謝你，陣內先生。」

智世深深鞠躬，眼角已有些泛紅。

情況確實如同陣內的預告，靈異現象並沒有因他的驅邪而消失。

但智世表示能在最後一刻讓值得信賴的驅邪師父前來看過，讓她的決心更加堅定了。那棟房子最後決定以低於行情很多的價格，賣給他們的親戚。〈謝謝你們的幫忙，這件事你們可以當成創作的題材，家人也都同意了。只是爲了避免給後來住進這房子的人添麻煩，請不要寫出明確的地名或人名。〉智世在寫給我及榊的電子郵件裡如此說道。我將那封電子郵件往下捲動，發現榊在寫給智世的信裡，曾詢問她能否將這件事當作創作題材。

「你要寫這個題材？」我在電話裡詢問榊。

「我會寫，但妳也可以寫。」他這麼回答我。

「但你不是要寫了？」我問道。

「我寫的只是雜誌上的專欄散文而已，大概只有八百字左右。內容也只會提及『有人重複作了這樣的夢』，這和寫成正式的小說完全是兩碼子事。」他如此回答。

爲了保險起見，我又打電話向編輯部的小林確認能不能這麼做，對方給我的答案是沒有問題。於是我趁著記憶還很清晰的時候開始動筆，前後花了大約一個月的時間，當然中間還穿插了撰寫其它稿子及校對的工作。

到頭來，這件事情實在是充滿了太多謎團。寫成小說之後，讀起來還是讓人一頭霧水。不過像這樣「沒有道理可言」的怪談並不少見，或許我這篇作品也算不上突兀吧。

雖然我心裡這麼想，但是一直不敢交出稿子。

某一天，我一如往常哄睡孩子之後回到客廳，啓動電腦，點開收信軟體。編輯部的小林寄了一封信給我。

〈來自校閱部綿貫〉

這是那封信的標題，看起來簡直像是文章中間會出現的句子。我點開那封信，裡頭第一句話便寫著：

〈前陣子透過本間先生介紹給妳的智世小姐，聽說在上個週末過世了。〉

我霎時感覺心臟彷彿被人敲了一記。

——過世了？

這完全出乎意料之外的一句話，讓我不禁懷疑自己是不是看錯了。我趕緊順著那封信的內容繼續讀下去。讀完了整封信，我還是無法理解內容的意思。我目不轉睛地盯著螢幕，將整封信重新又讀了一遍。

簡單來說，有一天早上和典醒來時，發現智世陷入了昏迷狀態。她持續發著高燒，一直沒有恢復意識，最後就這麼撒手人寰了。而發生這件事的地點，就在當初他們打算賣掉的那棟房子裡。

「為什麼……」

我不禁發出了這樣的呢喃。他們不是已經搬家了嗎？

激動的情緒，讓我完全無心工作，卻又無法入眠。好不容易等到了早上，我趕緊打電話至新潮社，請對方轉接給綿貫。

「我也是從本間先生那裡聽來的……」綿貫的語氣中也充滿了錯愕。

根據綿貫的描述，當時雖然有親戚表示願意購買那棟房子，但為了避免搬進來後真的出問題，因此親戚要求先試住一段時間看看。這樣的要求可說是合情合理，所以兩家人就一起生活了兩個星期左右，沒想到後來真的發生了靈異現象，所以親戚收回了購買那棟房子的承諾。

「原本要買房子的那一家人，當初還很開心，認爲能以那樣的價格，在那麼好的地段買到那麼氣派的房子，眞的是太划算了……」

本間以低沉的語氣說道，接著深深嘆了口氣。

「剛開始的兩個星期，什麼事也沒有發生，他們原本都鬆了口氣，直說靈異現象果然與緣分有關……但是就在他們即將簽約的不久前，竟然拍到了靈異照片。」

「靈異照片？不是作噩夢？」綿貫狐疑地問道。

「沒錯。」本間點了點頭，表情也有些納悶。

「據說是在交屋前，和典先生突然說要拍紀念照，於是智世小姐一家人就一起拍了張照片，後來又幫要買房子的那一家人也拍了一張。沒想到照片裡的智世小姐，以及買房子的那一家人的國中生女兒，身上都有著大量的白霧。智世小姐身上的白霧像一條條的蛇，纏繞在她的波浪捲長髮上，國中生女兒身上的白霧則像一大顆白色的球，將她的一頭短髮整個包覆住。」

這樣的照片當然掀起了一陣騷動。尤其是智世身上也有白霧，這點實在令他們擔憂。或許這棟房子眞的很危險，只是這兩個星期剛好沒出事而已……一旦產生這樣的想法，這場交易當然就做不成了。當初那一家人決定要買這棟房子，只是因爲對所謂的靈異現象不曾有過切身的感受，以及單純覺得價格眞的很便宜而已。如今一旦察覺可能有危險，他們當然改變了心意。

智世雖然沮喪了一陣子，但不久之後她就打起了精神。

「總比等到他們買了才出問題好得多。」她這麼告訴本間。

「距離夢境進展到最後階段還有一些時間，或許下一組家庭能夠平安無事，能不能請你再幫我們賣賣看？」

智世以樂觀的口吻向本間如此請求。本間原本幾乎已經絕望，反而是受到了智世的鼓舞才重新提起精神。

沒想到就在短短的半個月後，智世就再也沒有醒來了。

對於智世的死，本間認爲自己該負一些責任，所以他參加了智世的守靈。

在最糟糕的情況下失去了智世的和典及靜子，當時都已憔悴得不成人形，令人看了不禁鼻酸。

靜子不斷啜泣，和典則是一臉茫然地凝視著半空中。喪主致詞時，和典也是幾乎說不出話來，最後只呢喃了一句，「明明只差一點了……如果能夠早一點結束……」

本間聽了這句話，也感到胸口爲之糾結。因爲這也是本間自己的心聲。如果當時不要拍到靈異照片就好了。如果早點結束試住期間就好了。明明知道這樣會給買房子的那一家人造成麻煩，本間還是忍不住抱持這樣的念頭。

即將進入守靈的宴客階段時，本間自認爲沒有臉見死者家屬，因此打算悄悄離開……沒想到走到門口附近時，卻被靜子喚住了。

「請節哀……」本間趕緊低頭鞠躬。

本間不知道接著該說什麼話才好，遲疑了半晌才擠出一句「最後還是沒有幫上忙，眞是非常抱歉」。

靜子輕輕搖頭，說道：

「謝謝你爲我們做的一切……多虧了你，我們才能輾轉認識陣內先生，給了那孩子很大的勇氣。」

「但是……」

「但是……怎麼會這麼快……」

靜子的五官驟然扭曲。本間低下了頭，一句話也說不出口。這也是本間一直在思考的問題。明明智世自己也說應該還有時間，爲什麼會突然就這麼走了？智世最後作的夢，有著什麼樣的內容？

但這些問題都已經無法找到答案，因爲智世已不在這個世上了。

靜子摀著臉，一邊哽咽，一邊又說了一次「爲什麼」。

得知這件事的兩個星期後，我拜訪了榊的辦公室。

表面上的理由是刊載〈妄語〉的《小說新潮》內文藍圖已出爐，而〈妄語〉這篇作品是以榊所提供的題材爲基礎，所以我想送他一本。但是眞正拜訪他的動機，其實是想要告知智世死去的事情。

榊聽完了我的描述後，一面敲打著鍵盤，一面應了一聲「嗯」。我以爲他還會繼續說些什麼，但他接下來不發一語，只是點著滑鼠。

我本來想要數落他一句，不過最後我什麼話也沒說。榊本來就是這麼一個人。除了採訪時之外，他常常是一邊交談，一邊做著其它事情，這點對我來說已是見怪不怪了。只是像他這麼喜歡靈異話題的人，竟然對我今天說的話顯得興致缺缺，這點倒讓我感到有些意外。

我心裡暗想，或許今天時機不對，還是先告辭好了。沒想到就在我起身的時候，榊突然以自言自語般的口吻說道：

「沒想到會是這種結果。」

我重新坐了下來，應了一聲「是啊」。

當初我從智世口中得知這次的靈異現象時，本來已抱持著「不應該以邏輯常識來分析靈異現象」的想法。然而到了最後，我還是在嘗試以邏輯思考來找出這件事的規則性。

「我早就應該想到，沒有人能夠預測靈異現象會發生什麼樣的變化。」

「不，我指的不是那個。」

榊想也不想地說道。

「咦？」我錯愕地瞪大了眼睛。

「嗯？」榊也有點驚訝地揚起眉頭。

「啊，當然妳說的也沒錯，但我說的『沒想到』，指的是智世小姐的丈夫。」

「你說和典先生嗎？他怎麼了？」

「妳是明知故問嗎？」

榊愣了一下，接著才說道：

「智世小姐的過世，當然靈異現象也是一部分原因，但是最大的主因還是在於人禍，不是嗎？」

「人禍？」

我聽得有如丈二金剛摸不著腦袋，只能重複說了一次這個字眼。榊眨了眨眼睛，說道：

「不然妳以爲她丈夫故意讓大家看那些照片是什麼用意？」

「什麼照片？」

「靈異照片啊。不是說智世一家人的照片，以及買方那一家人的照片，上頭都有白霧嗎？」

榊以靈巧的動作轉動著手上的原子筆。

「照片是丈夫拍的，檔案當然在丈夫的手上。丈夫一看到，應該馬上會發現照片有問題才對。如果丈夫眞的想把房子賣掉，大可以不要讓大家看那些照片。何況丈夫的職業是攝影師，想要以修圖的方式去掉那些白霧應該也不難。」

「或許……因爲他天性善良，認爲應該老實告知。」

「但靈異現象的種類完全不同。靜子小姐和智世小姐只是作了奇怪的噩夢，原本完全沒有提到靈異照片。只要仔細一想，就會發現這完全是兩碼子事。」

這麼說起來倒也沒錯。但就算情況完全不同，在一間可能「不乾淨」的屋子裡，不管遇上任何靈異現象都會讓人頭皮發麻吧。

「既然說不通，眞相搞不好完全相反。」

「完全相反？」

「丈夫沒有把靈異照片修改成一般的照片，是因爲那些靈異照片本來就是他修改來的。」

我驚訝得瞪大了眼睛。

「這……怎麼可能？他做這種事有什麼好處？要是房子賣不出去，遭殃的可是智世。」

我的腦海裡浮現了和典那對智世充滿關懷的眼神，以及當他在說出「因爲智世喜歡迪士尼，所以只夾迪士尼的動畫角色商品」時，那副得意又帶點稚氣的表情。

但除此之外，我也想到了和典曾以充滿自嘲的口氣說出「明明賺得不多還浪費錢」這種話。

——難道他對智世心懷妒意？

所以他希望智世一直當個需要他幫助的可憐兒？

我想到這裡，搖搖頭甩掉了這個想法。就算內心抱持著忌妒或自卑感，也不太可能刻意讓妻子維持在有著生命危險的狀態。即使妻子這麼快就送命不在他的預期之中，但他一定料想得到遲早會發生可怕的悲劇。

「他想要救妻子的心情，我認爲應該不是裝出來的。」

「既然如此……他不是應該會希望把房子賣給好不容易才找到的買家，別發生任何靈異現象嗎？」

「買家沒有發生靈異現象，對他來說不見得是好事。」

我聽到榊這句話，頓時嚇傻了。

——不是件好事？

「爲何這麼說……」

「他們一家人長年以來爲那棟房子裡的靈異現象所苦。即使請了靈修人士來看過，還是沒有辦法解決，最後只能選擇賣掉那棟長年以來捨不得放手的房子。心裡雖然感到遺憾，但這也是沒辦法的事……他們如此說服自己。沒想到打算買下那棟房子的一家人，竟然誰也沒有作噩夢。」

榊將原子筆放在桌上，發出「啪」的一聲響。

「『明明只差一點了……如果能夠早一點結束……』……那丈夫不是說過這句話嗎？」

我應了一聲「對」，卻完全猜不出榊到底想表達什麼。

榊又拿起原子筆轉了起來。

「本間先生以爲丈夫的意思是如果能夠別拍出靈異照片，或是提早結束測試期間……但倘若那些靈異照片根本是丈夫動的手腳，這麼解釋就說不通了。那麼丈夫口中所說的『只差一點』是什麼意思？『早點結束』又是什麼意思？」

榊說到這裡停頓了片刻，俯視著不斷在手指上翻轉的原子筆，半晌後才接著說道：

「其實最令我在意的一點，是爲什麼靜子小姐的婆婆以及買家的女兒都沒有作噩夢，唯獨靜子小姐及智世小姐作了噩夢？」

「那不是『緣分』的問題嗎……」

「有緣的人與無緣的人，到底有著什麼樣的差異？」

榊不等我說完，已搶著說：

「站在比較雙方差異的觀點來看，最直覺的差異就是外觀。但是靜子小姐與智世小姐不管是長相、身高還是髮型，都相差甚遠。那麼這兩個人之間到底有什麼相似之處？」

我拚命回想關於這整件事的所有細節。爲了將這件事寫成一篇怪談，我反覆讀了採訪筆記好幾次。智世與靜子的相似之處，或許就藏在那裡頭。

首先最明顯的一點，是兩人散發出的氛圍非常接近。但是這不過是相當模糊的主觀感受，能不能算是相似之處，我也說不上來。

「有沒有工作。」

「啊……」

我忍不住發出一聲輕呼。仔細回想起來，靜子在靈異現象導致腿部麻痺之前，確實曾有工作。至於智世，也是位專業的美甲師。至於靜子的婆婆，當初她曾揶揄靜子不肯乖乖當個家庭主婦，可見得她自己是個家庭主婦。至於買家的國中生女兒，當然也沒有工作。

這確實算是相似之處……但我總覺得有點不太對勁。

「靈異現象這種超越常理的事情，眞的會受這麼牽強的分類方式所影響嗎？」

「這是不是眞相，根本不是重點，只要智世小姐的丈夫認爲這是眞相就行了……畢竟他是個會因妻子賺得太多而抱持自卑感的人，會產生這樣的想法不是合情合理嗎？」

我不禁倒抽了一口涼氣。

「那他說的『早點結束』指的是……」

——讓智世早點結束在外頭的工作。

我一時感覺天旋地轉。

這代表什麼意思？

難道和典認爲要斬斷智世與靈異現象之間的緣分，唯一的方法就是讓智世辭去工作？

「『有時好不容易放棄了，接著在看別人夾的時候，又想到了可能可以成功的辦法，這時候又會忍不住下海繼續夾』。」

榊複誦出了當初和典說過的一段話。

就在這個瞬間，我的腦海裡也浮現了和典說過的另一段話。

「有時明明一直夾不到，偏偏每次都有一點進展，這時就會心想都已經到了這個地步，怎麼能夠功虧一簣。」

——這次好不容易想到了一個或許有效的辦法……

下一瞬間，一股強烈的無奈感湧上心頭。

如果這是基於惡意的想法，或許還比較能夠釋懷。例如對智世抱持著自卑感的和典，爲了維持智世的可憐立場，爲了讓智世乖乖留在家裡別出去工作，因而利用了靈異現象。或是同樣身爲受害者的靜子，認爲一旦賣掉房子，自己過去長年來的痛苦煎熬就會變得毫無意義，因此說什麼也不肯答應將房子脫手賣掉。——如果這些才是眞相，不知該有多好。

然而實際上的眞相，卻是每個人都衷心期盼智世能夠得救。正因爲他們花了很長的時間在尋找消除靈異現象的方法，因此當他們得知買房子的一家人都沒有作噩夢時，他們的腦中都不由得冒出了疑問。爲什麼只有我們一家人遭殃？爲什麼他們一家人都沒事？差異到底在哪裡？如果能夠靠修正那個差異來解決問題，就不用把房子賣掉了……畢竟把房子賣掉是一件多麼可惜的事。

我愣愣地看著手中的筆記本，腦袋一片空白。

這本筆記本，正是當初和典送給我的迪士尼動畫角色筆記本。熟悉的動畫角色在封面上快樂地手舞足蹈，但他們的笑容卻帶了些許空虛感。

第五篇

誰的靈異現象

刊載於《小說新潮》二〇一八年二月號

這是就讀於千葉縣某大學的岩永幹男所提供的經驗。

今年四月起，岩永在大學附近過起了獨居生活。因爲是推薦入學的關係，在很早的時期就已確定錄取，所以有比較充裕的時間能夠多看幾間房子。最後岩永毫不猶豫地選擇了T公寓。

「這一間眞的是物超所值。」房屋仲介公司的人員再三強調。

事實上確實沒錯，以這樣的房屋條件，每個月的房租加上管理費竟然只要三萬圓，實在是便宜得令人不敢相信。這是一棟兩層樓的木造建築，已有二十八年歷史，每層只有三戶。就像其它的老舊公寓一樣，洗衣機是放置在走廊的公共空間裡，但除此之外，由於內部才剛重新整修過，看起來就和新房子沒什麼不同。岩永租的是邊間，屋內共有兩間房間，有廚房，浴室及廁所各自獨立，而且最重要的是距離大學正門口非常近，眼前就有一間便利商店。唯一的缺點，是整修時沒辦法改變洗衣機的位置，還是只能放在走廊上。但從另一個角度來看，由於洗衣機移到了室外，所以浴室的空間變大了。

「你能找到條件這麼好的房子，全得歸功於你在申請推薦入學的時候很努力。」

連母親也這麼稱讚，於是岩永帶著春風得意的心情，辦完了入住手續。

沒想到不久之後，岩永便爲選擇了這間房子而深深感到後悔。

第一次察覺不對勁，是因爲蓮蓬頭。

T公寓的浴室裝設了自動在浴缸裡儲放熱水的裝置，再加上水龍頭只在浴缸外才有，因此岩永從來不曾將出水口從蓮蓬頭切換至水龍頭。有一天，岩永一如往常想要以蓮蓬頭清洗浴缸，沒想到水竟然從水龍頭傾瀉而出。

難道是自己曾爲了洗什麼東西而將出水開關切換至水龍頭了？岩永如此懷疑，但實在想不起自己曾這麼做過。

然而岩永雖然心中詫異，當下卻也沒有想太多，只認爲一定是自己多心了。

沒想到就在數天後，岩永赫然在浴室的排水孔發現了大量頭髮，幾乎將整個排水孔塞住。岩永先是一驚，以爲自己竟然掉了那麼多頭髮，但仔細一瞧，更是心中駭然。那些頭髮都太長了，並不是自己的頭髮。自己從來沒有讓別人使用過住處的浴室，難道是前一個房客的頭髮？重新整修的時候，唯獨排水孔完全沒有更動及清掃？這聽起來相當荒謬，但除此之外，沒有其它可能。岩永迫於無奈，只好到廚房取來塑膠袋，翻過來套在手上，隔著塑膠袋抓住那些頭髮。

就在那個瞬間，一種難以言喻的柔軟觸感隔著塑膠袋傳到手掌上，令岩永的整條手臂冒出了雞皮疙瘩。岩永嚇得急忙將手掌抽出袋外，一整團頭髮掉落至地面，發出「波」的一聲古怪聲響。岩永皺起眉頭，回到廚房取來一雙免洗筷，將那團頭髮夾起。雖然有些神經質，但岩永實在不想再以手掌碰觸那團東西。

好不容易清理掉了頭髮，岩永迅速洗完澡，回到了房間裡，打開電視機。播放事先錄下的搞笑綜藝節目，企圖藉由看一些有趣的東西來壓過那噁心的感覺。

啪！的一聲輕響，畫面竟然自己切換了。

「咦？」

岩永忍不住發出一聲輕呼，低頭望向腳邊的遙控器。自己的身體應該沒有碰觸到遙控器才對，爲什麼畫面會自己切換？

岩永下意識地拿起了手機。但就在手機螢幕上出現老家電話號碼的瞬間，岩永停下了動作。這一切要怎麼跟家人解釋？

就算實話實說，也只會被家人認爲是思鄉病作祟。不，搞不好眞的是思鄉病作祟。這是自己第一次離家過起獨居生活，或許在不知不覺中神經過於緊繃，因而變得疑神疑鬼也不一定。

岩永拚命說服自己冷靜，喝了一杯水，將手機放回新得發亮的木頭地板上。此時眼前電視畫面上播放的是兒童教育節目，色彩鮮艷的布偶正以誇張的動作跳著舞蹈。自電視流洩而出的音樂，是自己小時候經常唱的童謠。岩永一察覺那旋律，霎時恢復了冷靜。

果然是自己想太多了。

岩永努力制止自己繼續想這件事，卻感覺腦袋異常沉重。雖然這時太陽還沒下山，岩永還是決定上床睡覺。這一覺，倒也沒有作噩夢或是遇上鬼壓床，岩永整整睡了十個小時，醒來時已是半夜三點。岩永一邊扭動著僵硬的脖子，一邊走向洗臉檯，洗了把臉之後，偶然間朝鏡子瞥了一眼。

鏡內景象的角落赫然站著一個女孩子。大約高中生年紀，戴了一副銀框眼鏡，頭髮垂至胸口下方。

岩永倒抽了一口涼氣，整個人嚇傻了，半晌後才急忙抓起自己的眼鏡。戴上眼鏡後轉頭一看，身後一個人也沒有。岩永趕緊又轉頭回來望向鏡子，鏡內只映照出了浴室的門，沒有任何異狀。

——剛剛我看到了什麼？

難道是睡迷糊了？或者是因爲睡覺前清理了排水孔的長髮，腦袋裡下意識地產生了長髮女人的幻覺？岩永拚命如此說服自己，但動物的本能也在告訴自己事情沒有那麼單純。

岩永一時不知該怎麼辦才好，決定先拿智慧型手機上網搜尋看看。不屬於自己的長髮、鏡中出現戴銀框眼鏡的女孩子……岩永正煩惱著不知該打什麼樣的關鍵字，驀然又想到一件事，手指的動作霎時僵住了。

看見那女孩子的當下，自己並沒有戴眼鏡。岩永的近視度數非常深，裸眼視力在〇・一以下。在沒有戴眼鏡的情況下，除非緊貼著鏡子，否則連自己的臉也看不見。爲什麼剛剛看見的那個女孩子，模樣竟是如此清晰？

岩永感覺心臟的速度愈來愈快，不斷嘗試在網路上搜尋相關資訊，就這麼一直忙到了東方泛起魚肚白。但累了大半晚，岩永最後只明白一件事，那就是上網搜尋沒有任何意義。

岩永極想找個人傾訴這件事，卻又不想讓父母擔心。雖然上大學之後交了幾個新朋友，但總覺得找他們商量也不妥。畢竟互相還不熟，要是突然說出這種匪夷所思的話，一定會被當成怪人。高中時代雖然有幾個死黨好友，但他們現在剛好都在重考中，爲了這種事情聯絡他們也覺得不太恰當。

最後岩永想不出其它辦法，只好打電話給房屋仲介公司。岩永的主要目的，是想詢問前一個房客是否也遇上過類似的靈異現象。

但是當電話另一頭的人員以精神奕奕的聲音說出「您好，這裡是E不動產公司」時，岩永竟張口結舌，無法老實說出在鏡中看見女孩子一事。明明是自己主動打了電話，此時腦袋卻亂成了一團，最後才勉強擠出一句，「不好意思，排水孔有一些很長的頭髮，但那不是我的」。

「眞是非常抱歉，我馬上向清潔業者確認。」對方回答。岩永這才察覺，對方誤以爲這是一通客訴電話。

「我不是那個意思，其實是我遇到了一些怪事。」岩永趕緊解釋，到頭來還是把自己遇上的所有事情一五一十全都說了一遍。說完之後，岩永驚覺這說穿了也算是客訴電話，但已經來不及後悔了。

「我明白了，目前負責該公寓的人員不在座位上，等他回來我再請他回電給您，不知您是否同意？」對方的態度依然恭謹客氣，岩永幾乎要脫口說出「不必了，不用那麼麻煩」，但最後還是強忍了下來。

掛斷電話後，岩永依然一顆心七上八下，總覺得自己給別人添了麻煩。

當天晚上，E不動產公司的負責人員回電了。

「您的住處過去並沒有任何發生不幸事件的歷史紀錄，但隔壁的那一戶，十五年前有個女孩子在家中過世。」負責人員如此說道。岩永登時聽得目瞪口呆。沒想到……這裡眞的是凶宅，只不過不是在自己住的這一間。

回想起昨天看見的那個女孩子，岩永便感覺一股寒意沿著背脊往上竄。那女孩子是怎麼死的？是自殺嗎？還是遭到殺害？

腦袋不禁又開始胡思亂想。

「據說是意外死亡，死因好像是不知誤吞了什麼東西……年紀才四歲。」

對方接著說道。

「四歲？不是大概高中生左右？」

「不是，是個四歲的小女孩。根據我查到的資料，您所住的公寓並沒有其它死亡案例。」

岩永霎時感到臉頰發燙。原本以爲不動產仲介公司的負責人員一定會強調這屋子不是凶宅，沒想到卻得到了這樣的回答。但不知道爲什麼，岩永總覺得這比遭對方徹底否認還要丟臉。

「請問……在發生那起意外之後，住在隔壁的房客……」

岩永吞吞吐吐地問。

「隔壁的房客並沒有搬家，還是住在……」

負責人員說到這裡，似乎是驚覺自己不小心洩漏了隔壁房客的個人隱私，趕緊補充，「當年的地方報紙也曾經報導過這起意外，不是什麼祕密。」

岩永不禁感到有些尷尬。由於自己住的是最角落的邊間，所以鄰居就只有一戶而已。從對方剛剛的描述，岩永已猜到住在隔壁的粟田就是身故女童的母親。

粟田是個年約五十多歲的婦人，個性相當文靜，在附近的超市打工。由於岩永經常到那一間超市購物，因此在整棟公寓之中，岩永與粟田交談的機會特別多。當然對話的內容大多是「今天眞熱」之類無關緊要的寒暄語，以及「某某熟食在某某時間會打折」之類的商品打折資訊。但曾有一次，粟田送了一些綜合火腿給岩永，理由是「爲了給同事做人情才買了這些火腿，但一個人根本吃不完，又想不到其他可以送的對象」。岩永還記得當時聽了之後感到相當意外。

岩永雖然知道粟田過著獨居生活，不過由於粟田給人的感覺與岩永的母親有幾分相似，因此岩永一直以爲粟田有孩子住在遠方，就和自己的母親一樣。

——沒想到她的孩子已經死了。

從粟田平日那溫和沉穩的笑容，實在很難想像她曾經有過那樣的遭遇。岩永感覺自己聽到了一個不該聽的祕密。更糟糕的是粟田的女兒去世時還是個小女童，可見得與自己遇上的怪事毫無關聯。

「對了，在發生那起意外死亡事件之後才搬入您這一間的所有房客，都不曾因爲生活上發現異狀而聯絡我們。」

「……我知道了。」

岩永在聽了負責人員這句話後，以低沉的嗓音說道。果然是自己想太多了。

「但如果您考慮搬家，我們也會盡量提供協助。」負責人員以帶著關心的口吻說。

「我再觀察一陣子。」岩永急忙如此回答後掛斷了電話。自從接到這通電話之後，岩永便決定不再理會這件事。

仔細想想，自己遇上的怪事都對自己並沒有實質的危害。雖然覺得有點可怕，但要重新找房子及搬家實在是太麻煩了。何況除了這些怪事之外，這裡不管是房租、屋內格局及地理位置都完美得無可挑剔。

後來岩永又被迫清除了兩次排水孔上的長髮，但岩永每次都告訴自己別想太多。季節即將進入秋天，岩永也慢慢習慣了這樣的生活。

某一天，岩永讓同系的好友中嶋來自己的公寓過夜。這天系內舉辦了一場聚會，每天從老家通學的中嶋沒有趕上最後一班電車。

兩人帶著醉意走回公寓，岩永讓中嶋先洗澡，自己吃著從便利商店買來的巧克力。中嶋洗完澡出來之後，露出賊兮兮的笑容說：

「看來你交了女朋友。」

「什麼？我哪有。」

岩永立即否認，中嶋臉上帶著若有深意的微笑，說道：

「別抵賴了，你這房間裡明明有化妝品的味道。」

岩永差點發出驚呼，趕緊在房間裡用力吸氣，卻因爲早已習慣自己房間的氣味，完全聞不出所謂的化妝品味道。但是仔細一想，當初第一次進入屋裡時，確實感覺空氣中有一股令人莫名懷念的氣味。如今回想起來，那不正是母親的化妝檯的味道嗎？

「你誤會了，這是……」

「誤會什麼？我剛剛還在浴室裡發現長頭髮呢。」

一聲驚呼終於還是從岩永的咽喉貫出。

——果然不是我想太多！

「咦？」

或許是岩永流露在臉上的驚懼表情太明顯，中嶋也愣了一下，瞪大了眼睛。

「你那是什麼反應？」

「沒有……我只是沒想到你也看得見。」

「我也看得見是什麼意思……咦？」

中嶋急忙轉頭望向浴室，接著又回頭看著岩永。兩人沉默了數秒鐘，中嶋往後一縮，喊道：

「不會吧？你有這種嗜好？」

「倒也不能算是嗜好……」

岩永一時之間不知該如何回答。

「咦？」

中嶋的驚呼聲比剛剛更響了。

「不會吧？是眞的？」

岩永心裡有股想要笑著說「我只是開個玩笑」的衝動。但是到頭來，岩永還是決定實話實說。因爲如果不說出眞相，中嶋肯定不會相信自己沒有女朋友。

岩永簡單扼要地將這半年來屋子裡發生的事情說了一遍。

中嶋發出「哇」的一聲驚呼，聽不出來是興奮還是害怕。

「原來眞的有這種事。」

「你相信這是眞的?」

「咦?難不成是假的?」

中嶋眨了眨眼睛。

「不,是眞的,但如果我是你的話,大概不會相信。」

岩永老實說出心中的想法,中嶋聽了哈哈大笑。但是他一邊笑,一邊隔著橢圓形矮桌將上半身湊過來,壓低了聲音說道:

「老實跟你說,我高中的時候,也有一個同學自稱有陰陽眼。」

「我沒說我有陰陽眼啊……」

「但你不是能看見鏡子裡的女孩子?」

中嶋不等岩永繼續說下去,從背包中取出了智慧型手機。

「那同學是個男的,姓岸根。校外旅行的時候,他吵著說房間裡有厲鬼,擅自拿著枕頭及棉被跑到別人的房間去睡。」

「那可眞是個……」

岩永差點想要脫口說出「危險人物」,最後硬生生吞回肚子裡,中嶋卻緊接著補了一句「我那時覺得那傢伙是個危險人物」，彷彿一切都是如此理所當然。

「沒想到那天晚上，房間裡的另一個同學忽然發出尖叫聲，把枕頭扔向什麼都沒有的地方，嘴裡大喊著『別過來』。接著他突然倒在地上，發出了鼾聲。到了隔天早上，我們問他昨晚到底是怎麼回事，他竟然說完全不記得了。」

「噢……」

岩永心不在焉地隨口應了一聲。

「啊，你不相信我說的，對吧？」中嶋看穿了岩永的心思。岩永正想回答「實在沒辦法相信」，中嶋卻瞪了岩永一眼，搶著說，「你剛剛說的那些，跟我說的故事可是半斤八兩。」岩永此時反駁了一句「所以我剛剛說過了，如果我是你，我不會相信我自己說的那些」，中嶋卻是充耳不聞，接著說，「當時我們也只以為昨晚那同學只是睡迷糊了，沒想到數星期後，我們聽到了傳聞，另一所同樣在校外旅行時住在那間旅館的高中，竟然有一個學生死了。」

「死了？死在那間房間裡？」

「應該吧。」

「你也搞不清楚……？」

「所以後來我們大家都說，原來岸根當初說的都是真的……噢？」

從剛剛到現在，中嶋一直是一邊說話，一邊滑著智慧型手機。此時他突然中斷了對話，凝視著手機畫面。就在岩永忍不住低頭望向中嶋手上的手機時，中嶋剛好也將手機螢幕轉到岩永的面前。

岩永還沒來得及看清楚畫面上的小字，中嶋已笑著說道：

「岸根答應我了，他明天會來幫你看看。」

雖然明知道中嶋是一片好意，但岩永實在不想讓岸根踏進自己的住處。

一來中嶋所說的那個故事實在太難讓人相信，二來岸根要是在自己的房間裡也大喊「有厲鬼」，自己真的會不知道該作何反應。

就算有厲鬼，自己也已經在這間屋子裡住了半年以上。倘若那個岸根有驅邪的能力，能夠讓靈異現象不再發生，那當然是再好不過的事。但如果真的要找人來驅邪，岩永寧願找神社或是有實際驅邪業績的專業靈媒。

但是到了這個地步，岩永也不好意思拒絕。隔天，中嶋帶著岸根在約定的時間來到了岩永的公寓前。

「嗨。」岸根微微點頭，簡短地打了聲招呼。這個人的外貌和岩永原本的預期完全相反（或許因爲和鬼魂聯想在一起的關係，岩永原本以爲岸根應該是個身材削瘦、臉色慘白的年輕人），竟然是個彪形大漢，一看就知道若不是橄欖球選手，就是個柔道高手。他的體格粗壯得幾乎看不到脖子，不僅臉上氣色極佳，而且雙頰的曲線看起來豐腴而平滑。

「中嶋都跟我說了。」

岸根以低沉而有磁性的聲音說道。他抬頭仰望岩永背後的公寓，瞇起了雙眼，數秒鐘靜止不動。

「……原來如此。」

「噢？看出什麼了嗎？」

中嶋立即將身體湊過來問道。

「我想到屋裡瞧瞧。」岸根依然緊盯著公寓，以他那低沉而宏亮的嗓音說道。

「啊……嗯，當然沒問題。」岩永率先走向自己所住的那一間。

岸根在房間裡四下張望，嘴裡不斷念念有詞。尤其是浴室、洗臉檯及廚房，是他的觀察重點。當他走出門外，來到公共的走廊上時，額頭已冒出了涔涔汗水。他以手背抹去汗滴，吁了一口氣。

接著他轉頭對岩永說道：

「看起來沒有太難應付的厲鬼。」

他頓了一下，接著解釋：

「這棟建築物的水流狀況不佳，在結構上很多位置都容易發生淤積的狀況。」

「淤積？」

中嶋重複了一次岸根的話。岸根輕輕點頭。

「還有，這間屋子是邊間，也是個問題。你們可以想像成一根竹子，內部有很多竹節，當水要流過時，就容易發生淤積，導致鬼魂逗留在此地。你們應該也曾聽過，靠近水的地方特別容易不乾淨，對吧？那也是因爲容易淤積的關係。」

「但是……電視自己跳到兒童頻道，這和水一點關係也沒有，不是嗎？」

「不，我剛剛發現，電視旁有個養毬藻的小瓶子。」

岩永雖然很感謝他們認眞想要爲自己解決問題，但實在不希望他們繼續在公共的走廊上討論這個話題。走廊上的說話聲都會清楚地傳進屋子裡，鄰居聽見這些對話，多半會認爲自己是個怪咖。

「不好意思……」

岩永正想請兩人進屋裡再談，卻聽見「吱」的一聲輕響，隔壁的門打了開來。岸根與中嶋同時中斷對話，轉頭朝那扇開啓的門望去。此時粟田小心翼翼地從門內探出了頭來。

「啊，不好意思，那個……」

「這傢伙的家裡鬧鬼，我們請有經驗的朋友來看看。」

岩永正想要找個藉口敷衍過去，但還沒想好措辭，中嶋已擅自說出了眞相。

「咦？」粟田驚愕得瞪大了眼睛。

「鬧鬼……是指看見了鬼魂？」

「沒錯。」

中嶋說得斬釘截鐵，絲毫沒有遲疑。

「不是的，請聽我解釋……」岩永急著想解釋，粟田卻突然又開口問道：

「是個女孩子？」

「咦？」

這次輪到岩永瞪大了眼睛。

「粟田小姐，難道妳也看到過？」

「我剛剛好像還聽你們提到電視自己跳到兒童節目？」

「是啊，浴室還有不知道是誰掉落的頭髮，鏡子裡還會突然出現女孩子。」
岩永愈說愈是激動。果然並不是自己的錯覺。
「你聽得出那女孩子在說什麼嗎？」
粟田也激動地湊了過來，彷彿終於找到了同志。
「我沒聽見說話聲……粟田小姐，難道妳也看見或聽見了什麼？」
對於岩永的發問，粟田只是有氣無力地搖了搖頭，說道：
「……我很想知道她到底想對我說什麼。」
「原來如此……不知道鬼魂想說什麼，反而更讓人心裡發毛呢。」
「值得慶幸的一點，是洗衣機放在那裡。」
岸根打斷了岩永與粟田的對話，指著走廊最深處的那臺岩永的洗衣機。
「我剛才說過了，招來鬼魂的原因在於水流的淤積。因此只要讓水順利從這裡的排水管流出去，就能化解淤積，如此一來就不會再招引孤魂野鬼了。」
岸根一面說，一面從背包裡取出一個小瓶子。那小瓶子大概只有掌心大小，看起來原本似乎是裝果醬的容器，但此時裡頭裝著一些純白的顆粒。
「那是什麼？」

「鹽。」

岸根簡短回答了中嶋的問題，打開瓶蓋後蹲在地上，將裡頭的白色顆粒倒在洗衣機的旁邊。轉眼之間，白鹽堆積成了一座圓錐狀的小山。

「……你在製作鹽堆嗎？」

粟田詫異地問道。岩永也曾聽過有些傳統餐廳會在門口放置鹽堆，但那似乎只是討個吉利而已，沒什麼太大的作用。此時看見岸根這麼做，內心不禁感到有些不安。

岸根似乎察覺了岩永的心情，解釋道：

「這是特別請人加持過的鹽，和一般的鹽不能相提並論。這座鹽堆吸收了淤積的能量之後，應該會變成黑色。在我下次來之前，絕對不能讓它散掉，知道嗎？」

岩永一聽，才知道原來還有下次，不禁感到有些心情憂鬱。

「如果散掉了，會怎麼樣？」岩永問道。

岸根回答：

「好不容易吸收到的淤積能量又會散開。這麼一來，將會吸引更多孤魂野鬼。有些原本不會對人造成影響的動物鬼魂或低等鬼魂，也會獲得能夠與人類接觸的力量。」

岸根以播報氣象般的口吻說完。接著他環顧走廊，又說：

「這裡是走廊的盡頭，不會有人通過，只要岩永小心保護，應該就不會被他人弄散，對吧？」

「嗯，應該吧。」

岩永帶著一抹不安望向那座鹽堆。這麼說來也沒錯，這種地方不可能會有自己以外的人不小心把鹽堆弄散。唯一要注意的，大概是自己不小心在洗衣服的時候不小心讓衣服掉到地上，撞散了鹽堆。

「對了，你下次什麼時候會來？」

「三天後吧。」

岩永一聽，頓時鬆了口氣。反正只有三天而已，大不了這段期間別洗衣服。

「只靠鹽堆，或許不太保險。」岸根接著又取出了一些符紙。

符紙的上頭畫滿了宛如圖案一般的奇妙文字。他以膠帶在岩永及粟田的門上分別貼了一張，接著以幾乎聽不見的細微聲音唸了幾句咒語。

「這上頭寫了什麼？」

「這是梵字。」

對於中嶋的提問，岸根給了一個算不上答案的答案。

「這些符也一樣，在我下次來之前，絕對不能讓它破損或髒汙。」他嚴格下令後，忽然雙手合十拍擊，發出清脆聲響。

但就在那天晚上，發生了奇妙的事情。

岩永在深夜裡忽然被刺耳的昆蟲振翅聲吵醒，想要伸手揉一揉眼睛，才發現雙手無法動彈。好不容易才微微睜開了雙眼，竟看見房間裡有一顆白色的光球正在四處飛舞。

岩永驚訝得瞪大了雙眼。

——那是什麼東西？

這匪夷所思的景象，令岩永的心跳瞬間加速。噗通、噗通、噗通的脈搏跳動，不斷從身體內側向外撞擊，與嗡嗡、嗡嗡、嗡嗡的振翅聲互相交疊。岩永感覺到一股難以承受的焦躁感，忍不住想要張口大叫。

然而喉嚨發不出半點聲音。就在岩永察覺自己無法張口的瞬間，一股強大的恐懼如排山倒海般湧來。

雖然不知道那是什麼，但總之絕對不會是什麼好東西。無論如何絕對不能碰觸到那玩意。得趕快找個地方躲起來才行……腦袋雖然這麼想，身體卻是動彈不得。

驀然間，岩永有一種感覺。似乎那顆光球一旦發現自己正在看著它，它就會朝自己飛撲而來。岩永急忙閉上了眼睛。我沒發現你，所以請你也別發現我。岩永屏著呼吸如此祈禱。但那振翅聲遲遲沒有消失，岩永不禁期盼自己如果能夠再度睡著就好了，偏偏意識竟是異常清醒。

不知就這麼暗自忍耐了多久。驀然間，岩永感覺束縛著全身的力量消失了。戰戰兢兢地睜開眼睛一瞧，光球也消失了。

身上的運動衫及運動褲都被汗水濡濕了。岩永只覺得口乾舌燥，四肢沉重得彷彿肌肉與骨骼已經分離了一般。努力想要坐起上半身，但光是微微將頭抬起，便感覺到眼球內側彷彿遭硬物貫穿一般刺痛。

岩永以雙手按住了眼睛，想要大聲喊疼，卻還是發不出半點聲音。雖然疼痛感馬上就消失了，漆黑一片的視野裡卻留下了一些綠色及紫色的殘像。

腦袋昏昏沉沉，似乎隨時又會睡著。但岩永勉強振作起精神，拿起手機打電話給岸根。

岩永將剛剛發生的事情一五一十地全描述了一遍，岸根說：

「驅邪的時候，靈障暫時增強是常有的事。就跟人一樣，想要排出體內的毒素，有時就會出現嚴重的蕁麻疹症狀。」

岩永聽他說得輕描淡寫，一股怒氣不禁湧上心頭。

「等等，爲什麼沒有事先告訴我？」

「我沒說嗎？但這是常識吧？」

岸根的口氣中完全不帶絲毫的歉意。

「好了，我要繼續睡覺了。」扔下這句話後，他擅自掛斷了電話。

岩永錯愕地看著不再發出聲音的手機，下一秒氣得將手機扔向地板。手機在地板上彈跳、翻滾，發出了沉重的悶響。

岩永不禁抱住了頭，重重嘆了口氣。果然不應該找這種來歷不明的門外漢來幫忙。說得更明白點，原本那些怪現象並沒有對自己造成任何實質上的危害，打從一開始就應該別理會就好。如今不僅把事情搞砸了，而且還把粟田也捲了進來……岩永想到這裡，猛然抬起了頭。

——粟田小姐沒事吧？

岩永才剛這麼想，下一個瞬間……

砰！

不知何處傳來類似爆炸的聲響，緊接著是重物傾倒的聲音及玻璃破碎聲。

「咦？」

岩永反射性地朝聲音傳來的方向望去，那正是粟田家的方向。

「粟田小姐？」

岩永慌忙跳下床，奔向門口。來到門外一看，雖然是三更半夜，但住在粟田家另一側的後藤也正走出門外查看。顯然剛剛的巨大聲響也驚動了公寓裡的其他住戶。

「剛剛那是什麼聲音？」

後藤也是一名大學生，但就讀的是與岩永不同的大學。他神情緊張地左顧右盼。

「該不會是槍聲吧？」

岩永的第一個反應是「怎麼可能」，但仔細一想，剛剛的聲音確實與想像中的槍聲有幾分相似。

不過如果那聲音與剛剛在自己房間裡發生的怪現象有關的話……

「粟田小姐！妳沒事吧？」

岩永奮力敲門，張口大喊。

「粟田小姐！」

「咦？不是什麼最好別招惹的事情吧？」

後藤看了看栗田家的門，又看了看岩永。

「說起來也算是吧……」岩永正要說明，手掌抓著門把一轉，那扇門竟然應手而開。

「啊，門沒鎖……」

岩永不禁呢喃。

就在拉開門的那一瞬間，眼中看見的是房間深處一座倒在地板上的日式衣櫥。下一秒，岩永看見一條手臂自衣櫥下方露了出來。

「栗田小姐！」

岩永急忙脫掉涼鞋，奔進室內，與後藤合力將衣櫥扶起。

所幸栗田在睡覺的時候是以腳朝著衣櫥的方向，所以撿回了一條命，但右腳已痛得站不起來。岩永趕緊叫了計程車，帶著栗田到醫院掛急診。經過檢查之後，發現右腳的小腿已經骨折了。

剛剛栗田在家裡到底發生了什麼事？岩永詢問栗田，但栗田搖了搖頭，聲稱沒有看到什麼光球，只知道突然「砰」的一聲重響，接著衣櫥就倒了下來。

那座衣櫥雖然沒有以防傾倒的金屬片固定在牆上，但底面積很大，照理來說應該不會輕易傾倒，更何況出事的當下並沒有發生地震。

栗田得在醫院裡觀察一晚，因此岩永獨自踏上了歸途。走出醫院後，岩永又打了一通電話給岸根。一口氣說明了栗田在家裡發生的悲劇後，岩永氣呼呼地說道：

「這可不是什麼蕁痲疹之類的小事。」

岸根沉默了數秒之後咕噥道：

「該不會是你沒有遵照我的吩咐吧？」

「什麼？」

「鹽堆和符紙啊。」

「你還在胡說八道什麼！」

「我說過，絕對不能讓鹽堆散掉。」

岸根迅速說完這句話的瞬間，電話突然斷了。

「喂？」岩永皺起眉頭，重新撥打電話。但是打了好幾次，岸根都沒有接。

「那個混蛋！」

岩永在痛罵聲中回到了公寓，先向後藤說了栗田在醫院的檢查結果之後，轉身走回自己的屋子。

但是就在看見粟田家的大門的瞬間，岩永不由得倒抽了一口涼氣。

符紙竟然被撕破了。

岩永慌忙轉頭望向自己家的大門。自家大門上的符紙則是完好如初。岩永皺著眉頭走到洗衣機後方一看，鹽堆竟散成了一大片，完全看不出一點隆起。

——這到底是怎麼回事？

「該不會是你沒有遵照我的吩咐吧？」

岸根當初說的這句話不斷在耳畔迴響。

岩永的腦袋亂成了一團，不知該如何解釋眼前的事情。

◆

我能夠從岩永的口中得知這個經驗談，可說是多虧了我在《小說新潮》上刊載了〈爲什麼不來救我〉這篇作品。

〈爲什麼不來救我〉的故事裡，有位姓本間的不動產公司男性職員。那位本間把這個故事告訴了某位同業，該同業也對本間說了一個他從其他同業處聽來的怪談。

那個「其他同業」，就是T公寓出租事宜的E不動產公司的負責人。據說自從粟田意外受傷之後，岩永立即決定要搬家。但是他認爲公寓裡的靈異現象之所以變本加厲，他得負一部分的責任，因此他表示在搬家之前，想找眞正的專業靈修人士來爲公寓驅邪。他說如果自己就這麼逃走了，之後粟田或是後來入住的房客有什麼萬一，他會感到良心不安。

岩永找該不動產公司的負責人員商量，是因爲岩永認爲不動產公司偶而也會經手一些凶宅，因此應該認識一些專業的靈修人士。但是該負責人員過去從來沒有處理過凶宅的案子，受到岩永請託的當下，一時不知如何是好。因此該負責人員在同業之間到處向人詢問，最後這件事輾轉傳入了本間的耳中。

本間一聽到這件事，立刻便想到可以拜託陣內前往驅邪。但要委託陣內，首先得請榊幫忙聯絡。因此就跟〈爲什麼不來救我〉那篇一樣，經由新潮社的綿貫居中介紹下，我也得知了這件事，大家約出來見面的時候我也在場。

榊聽完了岩永的描述後，劈頭第一句話便是「又是鹽堆惹的禍」。

「什麼意思？」我忍不住問。

榊解釋道：

「我曾經寫過一篇關於鹽堆的專欄。簡單來說，因爲鹽堆而惹上麻煩的例子可說是層出不窮。」

「鹽堆惹上麻煩的例子很多？」

岩永將身體湊了過來。

「很多。」

榊點了點頭。

「有人說放了鹽堆反而運氣變差了，有人抱怨鄰居擅自在自己家門口放置鹽堆，還有人說做菜時把原本放在家裡的鹽堆用掉，結果生病了。」

「咦？你的意思是他把鹽堆的鹽吃掉了？」

「根據神道習俗，供奉的鹽本來就可以吃。」

榊說得輕描淡寫。

「鹽堆的由來眾說紛紜，有人說是源自於中國的傳說，有人說是源自於神道的供鹽習俗。還有一派說法，認爲鹽堆本身並沒有任何效果，只是屋主爲了維持鹽堆的完整性，會刻意維持玄關門口的乾淨整潔，間接改善了風水環境，發揮了改運的效果。或許因爲這樣的觀念，有很多鹽堆理論是與風水相結合，在放置地點、顏色及形狀上都相當講究。說穿了，這類趨吉避凶的改運法很容易互相混淆影響。」

榊說到這裡，停頓了一下，接著說道：

「那個姓岸根的青年，不也是這樣嗎？鹽堆是神道的習俗，但是他的符紙上所寫的梵字卻來自於佛教文化。」

「那傢伙果然是個騙子。」

岩永頻頻點頭。

「倒也不見得。」

榊又開始轉起了原子筆。

「你口中所說的『專業的靈修人士』，有很多人也是像這樣採用混合式的手法。其實所謂的神道體系、佛教體系什麼的，都只是凡人擅自決定的分類而已。」

「……原來如此。」

岩永聽了榊的解釋，像個遭到斥責的孩子一樣縮起了脖子。

「話說回來，手法體系愈混雜的作法，愈容易擦槍走火，這也是事實。」

榊將後腦杓仰靠在沙發椅背上，一把抓住了手裡的原子筆。

「採用混合手法的人，大多是靠自學自修進入這行，因此很可能觸犯了禁忌卻不自知。」

「從剛剛岩永先生的描述，可以發現哪些禁忌？」

原本忙著做筆記的我忍不住插嘴。

「找非專業人士來驅邪，本身就是最大的禁忌。」榊一邊說，一邊扭動脖子，發出嗶剝聲響。

「不管是驅邪還是除靈，都不是門外漢靠著一知半解的技術就能做到的事。明明沒有那樣的實力，卻做出挑釁鬼魂的舉動，往往會把問題搞得愈來愈棘手。而且像那種半吊子的行家經常會為了面子而不肯輕易服輸，最後把事態搞得一發不可收拾，才趕緊向專業的靈修人士求救……」

「非常抱歉……」

岩永將身體縮成一團，臉上帶著無地自容的表情。

「我們正是最糟糕的例子。」

「但至少岩永先生並沒有為了面子而不肯服輸。」

我忍不住安慰他。

「不過最讓我放心不下的兩件事，是粟田家門口的符紙破了，以及鹽堆散了。」

榊話鋒一轉，突然這麼說道。

「果然……這才是根本的原因嗎？因爲我沒有遵守岸根的吩咐，才把事情搞砸了？」

岩永的表情頓時蒙上了一層陰影。

「不，應該不是。」

榊再度轉起了原子筆。

「恐怕剛好相反。鬼魂因爲驅邪的舉動而產生激烈反抗，破壞了符紙及鹽堆，也是常有的事。」

「這麼說來，就像岸根當初說的，只是暫時的現象？」

「這也很難說……符紙和鹽堆被破壞得那麼慘，顯然驅邪的一方完全處於劣勢。」

榊以平淡的語氣說完這些話，稍微停頓之後，接著又說道：

「而且也不能排除人爲蓄意破壞的可能性。符紙或許還有可能是被人不小心扯破了，但鹽堆的位置在走廊盡頭的洗衣機後方，不太可能被閒雜人不小心破壞。」

「但鹽堆的事情沒幾個人知道……」

岩永說到這裡，臉色一沉地咕噥道：

「……難道是中嶋？」

由於岩永及粟田都是過著獨居生活，知道這件事的人只有岩永、粟田、岸根及中嶋。

排除了前三人，就只剩下中嶋的嫌疑最大。當然在公共走廊上的對話，也會被屋子裡的人聽見，因此不能排除公寓的其他住戶中也有人知道這件事的可能性。然而那個人既然聽到了對話，應該也會知道破壞鹽堆會有什麼後果，照理來說應該不會刻意觸犯禁忌。畢竟如果公寓裡的鬧鬼問題變嚴重，對那個人只有壞處沒有好處。

相較之下，中嶋並不會因這件事而蒙受任何危害。

「我還以爲那傢伙是眞的在關心我……」

岩永沮喪地說道。

場面一度陷入了沉默。我想要說幾句話來化解沉重的氣氛，卻不知道該說些什麼，只好默不作聲。

「嗯，搞不好是岸根動的手腳。」

榊以滿不在乎的口吻說道。

「咦？」

我與岩永同時錯愕地抬起頭來。

「你說是岸根？」

岩永一臉狐疑地皺起眉頭。

「這沒道理吧？一旦驅邪失敗，不是丟他自己的臉嗎？」

「正因爲如此，他才要這麼做。」

「……什麼意思？」

「啊……」

我猛然醒悟榊的言下之意，發出了一聲輕呼。

——因爲一旦驅邪失敗，他會很沒面子。

岸根是以「驅邪高手」的身分受中嶋邀請前來幫忙。但是做這種事的人，往往會遭懷疑是騙子、神棍。如果事前聲稱「這麼做就能驅邪」，最後卻失敗了，一定馬上會遭到當事人質疑，岩永此時的態度正是最好的例子。

但如果多了「沒有遵守吩咐」這個理由，情況可就截然不同了。

「簡單來說，他是爲了保險起見，才故意弄散了鹽堆，是嗎？這麼一來，就算驅邪失敗，他也可以振振有詞地主張這不是他的錯。」

「啊……」

岩永聽了我的解釋，也像我剛剛一樣發出了輕呼。

「這麼說起來……我當初就覺得很不可思議，他怎麼能一下子就猜到我沒有遵守吩咐。在和他通電話的時候，連我自己也不知道鹽堆已經散了。」

但如果是岸根自己搞的鬼，一切就說得通了。

「如果眞的是這樣，這表示他的驅邪行動還有其它更重要的儀式，鹽堆與符紙都只是作作樣子而已。如果驅邪失敗了，他可以主張當事人沒有遵守他的吩咐；而如果成功了，他也可以說因爲鬼魂的力量太強，所以鹽堆與符紙受到了傷害，但最後還是邪不勝正。」

榊接著解釋。對岩永而言，這套推論似乎也比朋友中嶋惡意陷害或捉弄來得有說服力。

「原來如此，這確實說得通。」

他頻頻點頭同意。

最後我們的話題回到了岩永想找專業靈修人士來驅邪這一點上。雖然我們都同意向陣內尋求協助，但我們面臨了一個很棘手的問題，那就是粟田拒絕再找其他人來驅邪。

站在粟田的立場來看，原本屋子住得好好的，只因爲突然有個陌生人來「驅邪」，竟害自己無端遭殃。她不希望同樣的事情發生第二次，也是理所當然的想法。

然而整棟公寓裡最需要驅邪的區域，其實是粟田的屋內。一來粟田的屋裡發生的靈障，顯然比岩永的屋裡還嚴重得多，二來粟田今後還會繼續住在這裡。

討論的結果，大家只好決定先處理岩永的屋子，等到看見了成效，再嘗試說服粟田。

這一天，共有四人來到了岩永的屋子裡，分別是岩永、陣內、榊，以及我。岩永的行李都已搬得一乾二淨，此時屋子裡一片空空蕩蕩。

「事不宜遲，我們馬上開始吧。」

陣內向眾人簡單打了招呼之後，率先走出門外，站在洗衣機的前方。關於整件事的來龍去脈，我不清楚榊向陣內作了多少說明（多半是幾乎沒說吧），只見陣內目不轉睛地看著原本放置鹽堆的角落。

「這裡果然不太對勁嗎？」

岩永憂心忡忡地問道。

「是啊。」

陣內點了點頭，當場跪坐在地上。他沒有詢問任何問題，直接開始進行祈禱。

我們這些剩下的人互相對看了一眼，不約而同地跪坐在陣內的身後。

就跟上次一樣，陣內的驅邪儀式過程非常安靜。

不，甚至可以說不太像是驅邪儀式。陣內的手上什麼也沒拿，就只是雙手合十，默默祝禱膜拜而已。那舉止非常自然，看起來不像是在驅邪，倒像是一般人對著親人的佛壇牌位訴說著每一天的大小瑣事。

或許正因爲如此，當我站在膜拜中的陣內身旁時，也會忍不住想要跟著合十膜拜。我自己從來不曾看見鬼魂，甚至不曾感覺到鬼魂的存在。即使如此，還是會忍不住祈禱「希望鬼魂能夠獲得解脫」。

然而陣內禁止我們這麼做。

「如果不想與這個鬼魂結緣，就別隨便說出那種表現善意的話……爲陌生的亡魂祈禱，會結下原本沒有的緣分。」

當時陣內這番話，令我著實吃了一驚。如今我再一次來到了發生靈異現象的現場。此時我對陣內這番話的體會，甚至比當初更加深刻了。

當初爲《小說新潮》寫了〈汙點〉時，我以爲那是我第一次也是最後一次寫怪談。

我原本就不是個能夠感覺到鬼魂的人。除了〈汙點〉那件事之外，我也不曾親眼目睹過任何靈異現象。雖然我一直很喜歡讀怪談，但我的身邊沒有人曾經有過「撞鬼」的親身經歷。

然而就在我發表了〈汙點〉這篇作品之後，我接觸到靈異現象的機會瞬間大增。我開始有機會造訪發生靈異現象的地點，甚至是參與驅邪儀式，就像現在這樣。

當然這種情況並非僅侷限在怪談上。不管是任何事物，只要公開聲稱「想蒐集」或「想知道」，該物品或該資訊就會快速聚集在自己的身邊。但我沒有預料到，效果竟然如此顯著。

然而仔細想想，如果只是內心祈禱就會結下緣分，那我不斷蒐集關於靈異現象的經驗談，思索其前因後果，花了好幾個小時、甚至是好幾天的時間將那些內容寫成文章，當然不可能不結下緣分。

諺語說「語怪則怪至矣」，也是這個道理。

我開始抱持這樣的觀念，是因為我在撰寫第四篇的時候，曾經差一點被車子撞上。

當然險些遭遇車禍本身並不是什麼難以解釋的怪事。但我記得非常清楚，當時那車子的司機看了我一眼之後，猛然轉頭望向斜後方的紅綠燈，那舉動彷彿是完全無法理解剛剛自己為什麼會闖紅燈……更令我匪夷所思的是類似的事情竟然發生了兩次。

當時我還在推特上留下了這麼一段話……

〈這幾天我一直在寫怪談，卻連續兩次差點遭車子撞上（車子突然闖紅燈，我嚇了一跳，卻看見坐在車子裡的司機似乎也嚇了一跳，兩次都這樣），我不曉得該不該繼續寫下

去。〉

不過當時我雖然在推特上寫了「不曉得該不該繼續寫下去」這種話，但是老實說，當時我並沒有那麼擔心。最大的原因，在於我雖然連續兩次差點被車撞，但實際上兩次都沒有被撞到。

因此我只是把這件事寫在推特上，並沒有在第四篇中提及……我心裡正想著這些往事，卻聽見陣內突然開口說道：

「以不自然的手段結下的緣分，往往也會不自然。」

我驀然抬起頭來，心裡吃了一驚。難道我的心思又被他看穿了？我凝視著陣內，不禁有些尷尬，但陣內只是直視前方，接著又說道：

「以這樣的呼喚方式，是喚不出令嬡的。」

呼喚方式？令嬡？他在說什麼……我一頭霧水地沿著陣內的視線方向望去。

驀然間，我聽見了一陣細微的吱嘎聲響，隔壁的門扉緩緩開啓。我登時醒悟，眼前這個婦人就是岩永的經驗談裡提到的粟田。幾乎在同一時間，我聞到了一股濃濃的酒臭味。

我愕然凝視眼前的粟田。當初岩永對她的形容是「臉上隨時帶著溫柔和善的笑容」，但那樣的形象與眼前的婦人可說是有著天壤之別。她在家裡遭遇了靈異現象，還因此受了重傷，我不難想像這件事一定讓她感到身心俱疲。但我還是不禁懷疑，她的眼神爲何如此憔悴？

栗田的眼裡彷彿只有陣內。陣內也凝視著栗田，並沒有將視線移開。

兩人就這麼對望了數秒鐘。

我看了看栗田，又看了看陣內，緊張地嚥了口唾沫。栗田似乎還是對驅邪儀式抱持著戒心，但她並沒有大吵大鬧，阻止我們的行動。

「……你爲什麼知道……」

栗田以沙啞的聲音如此呢喃。她的雙眸所流露出的似乎不是怒意，而是懼意。但她到底在害怕著什麼？「你爲什麼知道」這句話又是什麼意思？就在我想著這些問題的時候，栗田彷彿因無法承受巨大的壓力而垂下了頭。

「那我……該怎麼樣才能讓那孩子……」

——那孩子？

我皺起眉頭，一秒鐘之後才醒悟陣內剛剛那句話的對象不是我，是栗田。

（以這樣的呼喚方式，是喚不出令嫒的。）

我霎時全身一震，彷彿後腦杓遭人重重敲了一記。

——爲什麼我完全沒有想到這個環節？

仔細想想，粟田的女兒不是在十五年前去世了嗎？

岩永看見的鬼魂是女高中生年紀，粟田的女兒去世時才四歲，所以我一直認爲這兩件事毫無關聯。

但是若細細回憶岩永的描述，會發現粟田從頭到尾都沒有詢問鬼魂的外貌。照理來說，她聽到的僅有岸根等人在公共走廊上的對話，例如電視會擅自切換成兒童節目等等。

「鬧鬼……是指看見了鬼魂？」

「沒錯。」

「是個女孩子？」

岩永還沒有向她詳細說明，粟田已猜到鬼魂是個女孩子。岩永一直以爲這代表粟田也目擊了那個女高中生的鬼魂。

但是後來岩永詢問「難道妳也看見或聽見了什麼」時，粟田卻搖了搖頭。

沒錯，粟田根本什麼也沒看見或聽見。但是她卻立刻猜到鬼魂是「女孩子」……多半是因爲她誤以爲那是女兒的鬼魂。

粟田在失去了女兒之後，完全沒有看見過女兒的鬼魂，或是聽見過女兒的聲音。即使如此，她還是一直住在這棟充滿了悲傷回憶的公寓裡。

當她聽到了岩永的話，內心會產生什麼樣的想法？

——那孩子的鬼魂果然還逗留在這裡，不斷對著我說話，但是我卻感受不到也聽不到，永遠無法得知那孩子想對我說什麼。

但是……如果有人能看到或聽到自己所看不到、聽不到的鬼魂呢？

在強烈自責的同時，這想必也爲粟田帶來了一線希望。這或許是自己與女兒再次接觸的絕佳機會。

沒想到接下來，岸根就開始說起了驅邪的方法。岸根在地面上設置了鹽堆，並且聲稱「這樣應該就能讓鬼魂不再出現」。

粟田聽到之後，心裡應該相當焦急吧。如果女兒的鬼魂眞的再也不出現，該怎麼辦才好？

希望一度萌生之後卻又化爲烏有，是最令人難以承受的事情。不僅如此，而且針對鹽堆散掉會造成的後果，岸根是這麼說的：

「有些原本不會對人造成影響的動物鬼魂或低等鬼魂，也會獲得能夠與人類接觸的力量。」

對於岩永來說，這是無論如何必須避免的事態。

我們聽了岩永的描述，也從來不曾對這一點有所懷疑。

——但是粟田的想法應該是截然相反吧。

原本不會對人造成影響的低等鬼魂，也會獲得能夠與人類接觸的力量——如果這件事情成眞，或許自己就能夠感受到女兒的鬼魂了。

「妳應該知道這麼做相當危險吧？」

陣內的雙眉下垂，顯得相當悲傷。粟田只是緊閉雙唇，一句話也沒有回答。明明差一點送命，卻依然堅持不肯搬走，這樣的決定已是最好的答案。

明知道相當危險，粟田還是不惜搏命一試。

「我很想知道她到底想對我說什麼。」

「原來如此……不知道鬼魂想說什麼，反而更讓人心裡發毛呢。」

這是當時粟田與岩永的對話。但是粟田眞正想表達的意思，與岩永的解讀完全不同。粟田對這件事情的重視，可說是遠勝於岩永。

陣內以雙手撐著膝蓋，緩緩站了起來。

「供奉神明的神酒確實有著獲得神明靈力的效果……」陣內站在粟田的面前，呢喃了這麼一句話後，忽然眯起雙眼，接著說道：

「但她很擔心會變小呢。」

粟田驚愕得一時停止了呼吸。她睜大了雙眼，眼眶逐漸變得濕潤。最後她倚靠著門板，整個人哭倒在地。

「粟田小姐，妳還好嗎？」

岩永急忙奔到粟田的身邊。他一面輕撫粟田的背，一面朝著陣內露出困惑的眼神。我俯視著岩永那一頭霧水的表情，身體卻如凍結了一般，沒有辦法移動半分。她很擔心會變小呢……我猛然想通了這句話的含意。

因爲我自己的女兒也說過類似的話。

「只有爸爸能喝酒，不公平！」

某個假日的晚上，女兒纏著正在客廳喝啤酒的先生，不滿地噘起了嘴唇。

「這是大人才能喝的飲料，小孩子喝了會長不大。」

先生一邊說，一邊將啤酒罐高高舉起，讓女兒摸不到。女兒愣了一下，歪著腦袋問道：

「喝了會變小嗎？」

我驟然感覺一陣鼻酸，趕緊握拳抵住鼻頭。

——或許我根本不曾眞正明白。

這一年半以來，我聽了不少人的經驗談，寫了好幾篇怪談。我造訪了不少發生靈異現象的現場，觀摩了驅邪儀式，還曾經因爲在心中對著鬼魂說話而遭陣內制止。

但是到頭來，我根本不曾認眞思考過鬼魂所代表的意義。

如今我才醒悟，所謂的鬼魂，其實都是從前曾經生活在這世上，與他人有所交集的某個人。

我感覺過去我所認知的一切正在迅速崩塌。

過去對我來說，靈異現象只是一種受到世人恐懼與排斥的現象。一旦發生靈異現象，就要趕緊請人來驅邪，盡可能讓這些現象別再發生……正因爲我抱持著這種根深蒂固的觀念，所以沒有察覺粟田的心情。

原本與自己生活在一起的重要之人，某天突然從世界上消失了。再也聽不見對方的聲音，再也看不見對方的模樣，自己的心情也沒有辦法傳達給對方。

我的腦海裡，浮現了過去曾與我有過交集，卻因爲死別而無法再相見的那些人的臉孔。說過的話，呈現出的表情，以及與那個人的點滴回憶，都沒有辦法再增加了。

當一個人面對這無可挽回的天人永隔時，所謂的靈異現象、怪談，將被賦予什麼樣的特別意義？

對於粟田來說，所謂的靈異現象，指的是不管付出再大的犧牲，也要再見一次面的女兒。所謂的怪談，是自己與終於能夠再次接觸的女兒之間的故事。

那一年年底，我透過本間輾轉得知，粟田搬家了。

「她拜託我向陣內先生道謝。」本間在說完這句話後，嘆了一口氣，接著說道：

「但願女兒跟著她一起離開了。」

那語氣中所流露出的殷切期盼，令我不禁輕輕點頭。

到頭來，我對這件事的眞相可說是一無所知。如果詢問陣內，或許能夠得知一些內情，但我實在不想這麼做。

至少後來搬進粟田那間屋子的房客，並沒有傳出任何遇上靈異現象的消息。

完結篇

禁忌

未發表

二〇一八年一月，爲了將各篇彙整成書，我請印刷廠將雜誌刊載時校稿完畢後的各篇檔案寄來給我。

由於是不定期刊載，再加上從第一篇到第五篇相隔了頗長的時間，因此關於榊及陣內這些人物的說明頗有重複之處，再加上有些人名是用英文縮寫，有些人名使用了假名，因此須要細微修改的部分可說是相當多。

我將這些檔案寄給了榊，因爲有人建議我請榊來寫預定刊載在新潮社新書資訊雜誌《波》上的本書書評。

榊顯得興致勃勃，直說要把「榊桔平」這個角色誇獎得天花亂墜。我的原稿校潤工作還沒有結束，他已經把書評寫完了。我本來以爲他眞的打算只誇獎影射他自己的角色，但一讀之下，才發現他這篇書評寫得中規中矩，文中認眞讚美了我這部作品，令我讀得有些不好意思。

但就在我受到了鼓舞而暗自決定要更加用心地處理這本書的時候，榊卻又聯絡我，表示想要「換掉那篇書評」。

「咦？」我一時錯愕得說不出話來。

「我剛剛已經寫信知會過編輯了。」榊接著又這麼對我說。

「請問……是想修改什麼地方……？」我的聲音不禁有些沙啞。

榊並沒有理會我這個問題，反而問我：

「對了，妳為什麼想要寫這第五篇？」

「……有什麼不妥嗎？」

我的心裡更加不安，緊緊握住了手機。

「我不是那個意思。」

榊簡短否定了我的疑慮，接著又重複問了一次：

「妳先回答我，為什麼要寫第五篇？」

「該怎麼說呢……就只是順水推舟吧。」

「第一篇是出版社邀妳寫『與神樂坂有關的怪談』。第二篇是君子小姐讀了第一篇後主動告訴妳。第三篇是妳為了第二篇的事情與我聯絡時，我偶然間想起，所以對妳說了。第四篇是《小說新潮》的校閱人員將第三篇的故事告訴任職於不動產公司的酒友，對方因此也提起了一間據說鬧鬼的屋子。第五篇是那個任職於不動產公司的酒友把第四篇的故事告訴一名同業時，對方提起了另一名同業正在尋找能幫忙驅邪的靈媒……」

榊一口氣說完了這一大串。

我聽他說得滔滔不絕，根本沒有時間深思，只能點點頭，應了一句，「嗯，對，沒錯。」

「換句話說，每一個經驗都是在各自獨立的契機下偶然取得。」

「是啊，沒錯……」

我還沒開口詢問「有什麼不對嗎」，他接著又問，「除了這些之外，妳一定還聽到了很多例子吧？」

「很多例子？」

「妳在作品裡不是說，自從妳發表了〈汙點〉之後，接觸到靈異現象的機會大增嗎？那除了這第五篇之外，妳一定還聽到了很多案例吧？爲什麼妳最後會選擇這個故事作爲第五篇？」

榊說得沒錯，除了這篇的內容之外，我還聽到了很多關於靈異現象的經驗。理由相當單純。當別人在閒聊中問我「妳最近在寫什麼樣的小說」時，我會回答「怪談」，這時對方很可能會順著這個話題，提供一些他知道的事情，例如，「說起怪談，我曾聽過這麼一個傳聞……」

編輯、朋友、同業及形形色色的人，告訴了我形形色色的奇妙經驗。每個經驗都相當耐人尋味，我總是聽得全神貫注，聽完之後還不斷反覆思量。

但我沒有將這些經驗寫成怪談，主要的原因就在於這些經驗能寫成小說的內容大概只有稿紙三至十張的程度。

仔細想想，市面上現有的怪談實錄大部分都屬於極短篇。簡單說明了狀況及原由，並且描述靈異現象，接著立刻收尾，毫不拖泥帶水。正因爲篇幅極短，才能帶給人一種彷彿突然獨自遭遺留在異世界的恐懼感。那種讀完之後就無法回頭（過去所相信的世界遭到顛覆）的恐懼感，正是怪談實錄的菁華所在，但故事裡沒有意義的要素愈多，威力就會隨之減弱。

我會對這一點有深刻體認，是因爲過去這五話除了靈異現象本身之外，都還有一些難以解釋的謎團，使得我必須以後記的方式記錄在文章最後面，才能保持故事的完整性。換句話說，這五篇經驗的內容，剛好都能夠讓我寫出超越極短篇小說的長度。

從另一個角度看來，倘若我寫的第一篇作品不是〈汙點〉，或許我最後會選擇累積好幾十篇極短篇作品，並且直接將這些作品整合成書。但由於〈汙點〉是我寫怪談的契機，所以最後這部作品才會呈現這樣的風貌。

「妳不是刻意選擇這五個故事？」

「我也不知該說是刻意，還是偶然……總之我只是想要找出分量足夠寫成短篇作品的題材……」

「噢，那看來妳不是故意的。」

「不是故意的？怎麼說？」

從剛剛到現在，榊的每一句話都讓我一頭霧水。因爲不明白他想說什麼，心情也跟著變得浮躁。

「請問那是什麼意思……？」

「這次我重新將這一篇讀過了一遍，有一點讓我相當在意……」

榊打斷了我的話，接著說道：

「這個姓岸根的男人後來怎麼了？」

我愣了一下，才明白他說的「這一篇」，指的是第五篇〈誰的靈異現象〉。回想起來，作品裡只寫了一句「岩永打了好幾次，岸根都沒有接」，就再也沒有敘述關於岸根的事，岩永也不曾跟我提起過。當然那是因爲這與故事情節無關。

但聽榊這麼一說，我也不禁有些在意岸根的近況。我想岩永應該不會再與岸根保持聯絡，所以關於鹽堆與符紙遭到破壞的眞相，如果岸根沒有透過中嶋輾轉詢問岩永，恐怕永遠不會知道。

「至少希望他能明白驅邪沒有成功並不是他的錯。」

「聽說他死了。」

「咦？」

一時之間，我沒聽懂榊這句話是什麼意思。我想要問個清楚，卻是張口結舌，一句話都說不出口。

「聽說在發生那件事不久後就死了。」

榊過了半晌後說道：

「當初在參與驅邪的時候，我也稍微提過，我常常有機會寫到關於鹽堆的事。岸根這個男人的所作所爲或許能夠成爲我自己的寫作題材，所以我原本打算好好把他的底細查個清楚。爲了這個目的，我還請岩永介紹中嶋給我認識。」

榊接著解釋，根據他的寫作經驗，就算還沒有決定要寫什麼，只要發現可能有用的題材，最好當下就趕緊調查清楚。

「沒想到會問出這樣的結果……」榊咕噥道。

我以僵硬的口氣回應道：

「是啊，真的沒想到他會過世……」

「更重要的是死亡原因。」

「死亡原因？」

我皺起了眉頭。雖然我剛剛使用了疑問的口吻，但心中閃過一抹不想聽他說出答案的念頭。榊依然維持著不帶感情又沒有抑揚頓挫的聲音，幾乎毫不遲疑地說道：

「聽說他突然一邊尖聲怪叫，一邊衝到馬路上。」

「……一邊尖聲怪叫，一邊衝到馬路上？」

我忍不住重複了這句話。腦袋還沒有理解這句話背後所代表的意義，心跳已開始加速。

這是怎麼回事？

「當初妳不覺得很奇怪嗎？岸根在說明他所使用的鹽時，他說的不是『我特別加持過的鹽』，而是『特別請人加持過的鹽』。」

「那代表……」

「代表另外有一個人幫他加持了那些鹽，這個人很有可能是他的修行師父之類的人物。」

我聽到「修行師父」這個字眼，一時之間竟無法理解那是什麼意思，簡直像是聽見了一句異國的語言。

「所以我到了他就讀的大學，向他的朋友打聽。照理來說那個人既然是他的修行師父，他應該經常前往會面，或是經常在說話時提及。」

榊的口氣顯得有些亢奮。我不禁有點詫異，榊竟然做了這種事。但轉念一想，或許他本來就是這樣的人。他擁有過人的行動力，只要決定了一件事情，就會毫不猶豫地採取行動。我向來認爲這是榊的優點，這樣的想法直到現在都沒有改變，但這件事卻在我的心裡留下了一點疙瘩。

「有人看見他和一個身穿小碎花長版上衣的大嬸見面。」

我一聽，霎時全身有如凍結了一般。

「不會吧……」

「我所問到的那個目擊者還說，當初他以爲那個大嬸是岸根的母親，後來到了岸根的喪禮會場上，才發現岸根的母親完全是另一個人，令他有些驚訝。」

——如果妳不想與這個鬼魂結緣，就不能隨便說出那種表現善意的話。爲陌生的亡魂祈禱會結下原本沒有的緣分。

陣內當初說的這段話浮現在我的腦海。

我在作品裡還曾經針對這段話，提出了自己的看法。

——如果只是內心祈禱就會結下緣分，那我不斷蒐集關於靈異現象的經驗，思索其前因後果，花了好幾個小時、甚至是好幾天的時間將那些內容寫成文章，當然不可能不結下緣分。

下一瞬間，榊對我提出的「爲什麼選擇這個故事當作第五篇」這個問題在我的心中迴盪。

我寫了第一篇，所以聽到了第二篇的經驗。寫了第二篇，所以聽到了第三篇的經驗。發表了前面這三篇，所以又聽到了第四篇及第五篇的經驗。

我竟然在不知不覺之中，走到了這個地步。

我低頭望向眼前的稿子。上頭剛好是我曾寫在推特上的一段話。

〈這幾天我一直在寫怪談，卻連續兩次差點遭車子撞上（車子突然闖紅燈，我嚇了一跳，卻看見坐在車子裡的司機似乎也嚇了一跳，兩次都這樣），我不曉得該不該繼續寫下去。〉

「什麼時候截稿？」

榊的聲音不知爲何聽起來有些模糊。

「咦？」

「截稿的時間。我什麼時候得把稿子交給妳？」

「呃……最晚必須在二月中旬之前。」

我下意識地左右張望，不小心說出了最後的交稿期限。我原本是打算請榊幫忙看過之後，我自己還要留些時間再檢查一次。

但我還來不及訂正，榊已經拋下一句「明白了，我會再跟妳聯絡」，接著便掛斷了電話。

我低頭看著顯示通話結束的手機螢幕，腦袋一片空白。數秒鐘之後，我才回過神來，趕緊重新打電話給他，但怎麼打就是打不通。

我到底該不該出版這本書？

自從接到榊的電話之後，我以這個問題問了自己好幾次。

當初我只是應出版社的邀稿，想要寫一篇怪談，所以才寫了〈汙點〉。後來我繼續寫怪談，更只是認爲出版單行本能夠讓更多人讀到〈汙點〉這篇故事，藉此蒐集更多的資訊。

但如今我開始懷疑我應該及早抽身。

我煩惱了很久，還是不知道該怎麼做才對，只能先檢查稿子再說。在針對文章的節奏微調時，我的心情一直是焦躁不安，認爲現在根本不是做這種事的時候。但我還是勉強進行到了第五篇，直到我遇上了岸根那句引人疑竇的臺詞。

「這是特別請人加持過的鹽。」榊認爲這句話暗藏了玄機。在我看見這句話的瞬間，我的心裡驀然浮現了一個疑問。

——爲什麼岸根也受到了懲罰？

在〈汙點〉中登場的角田及她的男朋友，是因爲惹怒了那個算命師而送命。早樹子的情況，雖然她當初說不曾和那個算命師起爭執，但或許算命師因爲某事而動了怒氣，早樹子卻不自知。

相較之下，岸根應該是對那個算命師崇敬有加才對。既然如此，他爲什麼也死了……？

我將手裡的紅色原子筆放在桌上，閉上了雙眼。

岸根在進行驅邪的時候，使用的是那個算命師加持過的鹽（或許符紙也是）。但是那天晚上，他接到了岩永打來的抗議電話。

當時岸根只是輕描淡寫地說了一句「驅邪的時候，靈障暫時增強是常有的事」。然而數小時之後，他再度接到岩永的電話，得知粟田身受重傷。

面對岩永的指責，他顯得相當不以爲然，以「我說過絕對不能讓鹽堆散掉」來反駁。

但岸根的內心眞的毫不在意嗎？

岸根眞的絲毫不曾懷疑過受加持的鹽及符紙的效力？

高中同學請他幫忙驅邪，最後他卻大大丟了面子。難道他的心裡沒有一絲「我那麼相信那個算命師，她卻讓我出了糗」的抱怨？

而如果他對那個算命師提出了這樣的抱怨……

「絕對不能懷疑！」

驀然間，這道聲音在我的腦海裡響起。

我錯愕地左右張望。不知道爲什麼，我總覺得似乎曾經在哪裡聽過這句話。不對，不是曾經聽過，而是曾經寫過類似這樣的一句話。我確信自己曾經在文章裡讀到過。但那到底是在哪裡？正當我苦苦思索的時候，原稿上的夾子突然脫落，稿紙灑了一地，其中一段文字驀然出現在我的眼前。

「一定要打從心底相信才行。我從小也因爲直覺太敏銳的關係，吃了很多苦，自從受了新藤大師的開導之後，我才能夠過輕鬆自在的日子。由美，妳如果遇上什麼憂愁或煩惱，就向新藤大師祈禱，一定能夠逢凶化吉的。」

第三篇〈妄語〉之中，曾提及壽子信奉的「新藤大師」並不是宗教團體，而是一名獨立的靈修人士，而且她身上也帶著「新藤大師」給她的符紙。

——那個靈修人士，會不會就是那個算命師？

我的理性一方面告訴我「這太異想天開」，一方面卻又忍不住繼續思考「如果眞的是這樣」。

——如果眞的是這樣，遭處罰的理由或許不是「惹怒」，而是「懷疑」。

早樹子明明與算命師相處融洽，卻也丟了性命，這點一直讓我感到耿耿於懷。我雖然假設她曾惹惱算命師卻不自知，然而到底是什麼事情惹惱算命師，我也猜不出端倪。

但是仔細一想，早樹子在過世前曾爲了留學而與長期交往的男友分手。

——算命師明明說絕對不能分手，她卻分手了。

這不也算是懷疑了算命師的話嗎？

我以顫抖的手指翻開稿紙。內心急躁萬分，視線卻因爲緊張而變得模糊，看不清楚稿紙上的文字。手指一滑，約有一半的稿紙從桌面掉落至地板上。

我慌張地跪在地上，將散亂的稿紙一張張撥開。在哪裡、在哪裡……我嘴上如此呢喃，心裡卻不明白我到底在找什麼。思緒亂成了一團，手指卻只顧著在稿紙堆中翻找。

好一會之後，我終於找到了那一頁。

那是在第二篇〈委託驅邪的女人〉裡，平田與君子的對話。

「我已經到神社道了歉，卻還是一直遇上鬼壓床！我還曾經帶著俊文，搭了好久的電車，專程到東京一個交通很不方便的地方，向一個靈媒求助！但是那個靈媒完全不聽我好好說明，只說一切都是我的心理作用！」

「這個我晚點也會給妳時間說……」

「聽說那個靈媒說的話很準，卻原來是個騙子。看來這種事情還是得向更加專業的人求助才行。」

當時平田使用了「東京一個交通很不方便的地方」這種說法，我一直以爲那指的是東京二十三區以外的地區。但是仔細想想，平田是群馬縣民。雖然我不知道她住在群馬縣的哪一帶，但就算是最熱鬧的高崎市，如果不搭乘新幹線的話，她必須從高崎線轉搭埼京線、山手線及東西線，才能抵達神樂坂，至少需花兩個小時以上。

而且她還說了一句「聽說那個靈媒說的話很準」。

——如果她口中所說的「靈媒」，也是那名算命師的話……

我愣愣地看著印在稿紙上的文字。

當初平田認爲她受到詛咒的靈異現象，包含父親及祖母的過世、鬼壓床、常生病、丈夫發生車禍、兒子深夜外出、兒子身上有瘀青且有幻聽症狀。其中她的父親原本就長期臥病在床，過世並不奇怪。雖然後來祖母也過世了，但祖母應該年事已高，突然過世也不算是什麼啓人疑竇的事情。鬼壓床及常生病，多半則是因爲連續遇上親近之人過世，導致身心疲累的後遺症吧。據說絕大部分的鬼壓床都是由疲勞所造成，而且一旦睡眠不足，身體當然就會常生病。

至於丈夫的車禍、兒子深夜外出及身上的瘀青，也能夠以「丈夫撞到了兒子」來解釋。

其中無法解釋的疑點，就只有兒子的幻聽，以及……平田自身的不測。

當初平田認定一切的靈異現象都是由狛犬的詛咒所造成，因此她聲稱曾向一名靈媒尋求協助。但是詛咒的推論遭到該靈媒否定，平田因而認爲那個靈媒是個騙子。

會不會正是因爲這樣的心態，令她受到了另一種「詛咒」？

我原本想要撿拾地板上散亂的稿紙，但我的手伸到一半卻僵住了。這五篇短篇小說，是我花了大約一年半的時間，根據當下偶然蒐集到的經驗，隨機寫出的作品。

但是仔細一讀，會發現這些短篇作品都有著幾個共通的關鍵字。靈修人士、符紙、驅邪、靈異現象……如果是一般的短篇小說集，各篇之間有這麼高的相似性，一定早會有人看出不對勁。但是或許因爲這些都是怪談的關係，竟然到目前爲止都沒有人留意到這個現象。

我竟然在不知不覺之中，走到了這個地步……這是我剛剛的想法。我原本以爲自己是在漫長的時間裡，受到了誘導，才寫出這些作品……但如果這是打從一開始就注定的結果呢？

我一方面告訴自己這太荒謬，一方面卻又不禁懷疑第四篇也能找到共通的銜接點。沒錯，在第四篇〈爲什麼不來救我〉之中，靜子也曾經向好幾名靈修人士求助。靜子的家在飯田橋，那裡距離神樂坂很近，只要走路就能到。或許在靜子求助過的靈修人士之中，也包含了那個算命師。

「一定是這樣沒錯」及「全都是我的幻想」這兩種截然不同的念頭，在我的心中僵持不下。我抱著最後一絲期待拿起手機，從來電紀錄中挑出榊的電話號碼，撥出了電話。

但是榊沒有接。我在語音信箱中告知有急事想要商量，請他務必立刻回電，但是等了好一會，他還是沒有回電。

我再也按捺不住，決定寫一封電子郵件給他。或許第二、三篇也與第一篇有所關聯……或許我自己差點遭遇車禍也與這些怪談有關……我將這些想法一五一十寫在信裡，並存在草稿匣內。我打算如果到了明天早上，榊還是沒有打電話給我，我就要寄出這封信。

大概再過一個半小時，家人就要起床了。我想著好歹小睡片刻，於是躺在床上。但是我還沒睡著，天空已泛起了魚肚白。我嘆了口氣，又回到客廳，打開了草稿匣裡的信。重新讀了一遍之後，我驀然產生一股想要追加一句「我決定不出這本書了」的衝動。雖然我提不出任何證據來證明我的論點，但依照榊的個性，我猜想他一定會相當感興趣吧。他應該會以興奮的口氣告訴我，「聽起來眞有意思，我來仔細查一查。」

但如果榊一查之下……連他也遭遇不測，該如何是好？

最後我還是決定關掉信箱，先打一通電話給靜子再說。讓我感到恐懼的最大理由，是這五篇故事很可能都有所關聯。因此我只要能夠證實第四篇的內容與其它四個故事完全無關，我就可以說服自己「一切都是我想太多了」。

我耐心等到過了九點，才打出這通電話。靜子接起之後，我先爲自己突然致電道歉，接著說出了我的目的。

「妳想知道我拜訪過哪些靈修人士？」

靜子以詫異的口吻說道：

「當初我拜訪的人全部都是男性，沒有一位是女性。」

最後她這麼告訴我。

我一聽，頓時吁了口氣，放下心中的大石。

——果然是我自己想太多了。

沒錯，君子不也說過嗎？一旦心裡開始疑神疑鬼，就連枯萎的芒花也會看成幽靈。而且冷靜想一想，靜子是因爲經常作噩夢才向靈修人士求助，我卻懷疑她作噩夢是因爲招惹了那個算命師，這根本是倒因爲果的想法。

靜子問我爲什麼問這個，我告訴她「我懷疑其它某些靈異現象都是由某個女算命師所引起」，靜子向我強調不管是作那些噩夢的之前還是之後，她都不曾見過那樣的女算命師，也不曾接受過算命或聽過他人的預言，當然也沒有懷不懷疑的問題。

於是我爲自己的古怪問題向她道歉，說了幾句客套話後掛斷電話。

當我偶然抬起頭來，我看見一片漆黑的電視螢幕上映照出了我自己的身影。那縮著身體、雙手緊握手機的模樣，實在有些滑稽。

我又看了一次存放在草稿匣裡的那封信，內心不禁暗自慶幸我還沒有將這封信寄給榊。姑且不提第二、三篇到底有沒有關聯，懷疑自己險些遭遇車禍也是因為受到詛咒的想法實在是太過杯弓蛇影了。

重新回顧整件事的來龍去脈，我開始覺得榊告訴我的「岸根常與一名身穿小碎花長版上衣的大嬸見面」或許也只是一場偶然，與整件事沒有絲毫關聯。沒錯，天底下多的是身穿小碎花長版上衣的大嬸。我只是剛好在這個節骨眼接收到這個訊息，才會自己嚇自己，其實根本是毫不相關的事情。

日子一天一天過去，轉眼已過了二月中旬。當初我告訴榊必須在二月中旬交出稿子，但直到今天，他依然沒有跟我聯絡。我迫於無奈，只好先將稿子寄給負責編輯單行本的藤本。寄出之後，我心想還是得向藤本說明清楚，於是我打了一通電話給他。我告訴藤本，榊認為第五篇的故事與第一篇有所牽連，但提出這個見解的榊如今卻聯絡不上，因此原稿的檢查也還沒有完成。

「我建議一定要在作品的結尾處補上這一段。」

藤本聽完之後說道：

「老實說，我認為這本書的五則短篇都非常精彩，但合併成一部作品之後有點太鬆散了。如果能夠像這樣把內容連貫在一起，作品的氣勢也會截然不同。」

經藤本這麼一說，我自己也覺得確實有道理。藤本表示可以讓我的稿子延到月底，於是我掛斷電話後，決定爲這部作品再寫一篇不曾在雜誌上發表過的完結篇。

在這篇完結篇裡，我完全沒有提及第二、三、四篇的問題，只依照當初榊在電話中的推測，提出了第一及第五篇或許有所關聯的可能性，並且以〈後來榊還是一直沒有與我聯絡〉作爲全書的結尾。但我心想總不可能到了確認內文藍圖的階段，榊還是音訊全無。一旦跟他聯絡上了，本書結尾當然也要跟著修改。我是在這樣的預期之下，將稿子交了出去。

然而讀者讀到這裡應該都明白，最後我還是補上了關於第二、三、四篇的事。現在讀者眼前的完結篇，都是在交出二校內文藍圖時改過的新內容。爲什麼我要改掉完結篇的內容？理由就在於我送出稿子後，大約在收到一校內文藍圖的時期，發生了一件事。

那一天，我在深夜三點起床工作。我每天的作息，都是在晚上九點哄孩子睡覺，自己也跟著睡，到了深夜三點就起來工作。但那一天的情況是我前一天幾乎熬夜沒睡，因此腦袋有點昏昏沉沉。

開始校潤內文藍圖之後，總覺得無法集中精神，因此我決定到廚房泡一杯濃一點的咖啡。就在我從餐具櫃裡取出心愛的馬克杯，並且開始燒水的那個瞬間……

哇哈哈哈哈哈哈哈哈哈哈哈！

背後突然傳來一陣大笑聲。

我嚇得縮起了身體，同時轉頭往後看。

但我只看見了毫無異狀的餐具櫃，當然一個人也沒有。

我反射性地摀住了兩耳，但聲音早已消失了。那到底是什麼聲音？簡直像是有人在對著我怒吼……就在我想到這裡的同時，放置在吧檯式廚房另一側的餐桌上的內文藍圖恰巧進入了我的視線中。

我猛然想起了第二篇〈委託驅邪的女人〉中，到最後依然沒有得到解答的疑點，也就是俊文聲稱曾經聽到的那個「奇怪」的聲音。

「爲什麼說很奇怪？」當時君子這麼詢問。俊文遲疑了好一會，最後才開口說道：

「聽起來像是站在我的耳邊大聲罵我。」

我霎時感覺全身的寒毛都豎立了起來。

——為什麼找上了我？

我告訴自己，我只是睡迷糊了而已。沒錯，我只是因為太在意那些疑點，才會產生幻聽……眞的是這樣嗎？

我的腦海裡，浮現了數個月前我在行人穿越道上差點遭車子撞個正著的回憶。開車的司機明明自己闖了紅燈，卻一臉驚恐地猛然轉頭望向斜後方。

我本來一直以為那司機是想要轉頭看號誌燈的燈號。他想要確認剛剛開過的路口，燈號到底亮的是紅燈還是綠燈……但是仔細一想，在車子剛通過號誌燈的瞬間，司機就算轉頭看，也絕對不可能看得見號誌燈。

既然如此，那個司機到底轉頭想要看什麼？

——果然我不應該出版這本書。

我不禁產生了這樣的念頭。我明明沒有見過那個算命師，那個算命師已悄悄來到了我的身邊。

我不想再跟這件事情牽扯上任何瓜葛。我一心只想拋下一切逃走。

但我最後還是無法下定決心放棄出版這本書……因為前五篇早已在雜誌上刊載過了。不僅如此，我還曾經拜託讀者主動提供相關資訊。

我不知道有多少讀者曾經讀過那幾篇怪談，但我認為我有義務警告讀者……

絕對不要嘗試找出那個算命師。

如果你曾經見過她，或是準備要見她，請你務必記住，千萬不要對她產生一絲一毫的懷疑。

雖然我寫了這些警告，不過我也不敢肯定這樣的警告是否能發揮效果。

如果我的警告是「不要惹怒她」，或許只要多加注意就能做到。但懷不懷疑一個人，自己如何能夠控制？

我寫到這裡，才想到我自己在本書中寫過這麼一句話。

——一旦心中產生了懷疑，就連當事人自己也沒有辦法將疑竇完全從心中抹除。

因錯誤的目擊證詞而蒙受不白之冤的祟史，正是最好的見證人。

他的妻子曾對他說過這麼一句話……

「無風不起浪。」

但至少以崇史的情況來看，遭到懷疑的當下完全無風，偏偏浪就這麼冒了出來。

除此之外，我在校對內文藍圖時，還發現了一個疑點。

起因在於藤本編輯寫在稿子上的一句建議。

在第一篇裡，早樹子曾如此描述那個算命師的外貌，「就連髮型也是大嬸很常見的燙捲髮，那叫什麼髮型來著……小捲燙？總之就是像那樣的外表。」

針對這一段，藤本編輯寫了這麼一句建議，「小捲燙這種稱呼有點過時了……或許可以考慮換成不同的形容方式？」

要我改掉早樹子當初所使用的詞彙，老實說我有點抗拒。但我試著告訴自己，只要語意沒有改變，換成讀者較熟悉的用字遣詞並不是壞事。

於是我開始思考「小捲燙」的其它形容方式。細波浪狀的燙髮？像解開辮子的燙髮？我想到這裡，猛然倒抽了一口涼氣。

我急忙翻開內文藍圖，找到第四篇一開頭，靜子描述噩夢內容的那個橋段。

靜子此時已不想聽清楚那人影說的話，也不想看清楚那人影的模樣。什麼也不想知道，一心只祈求不要再發生更恐怖的事情。她閉上雙眼，摀住耳朵，用力甩著頭，細波浪的長髮沾黏在臉頰上。

我驚愕得瞪大了雙眼。

——爲何我過去一直沒有察覺？

我明明親耳聽見了那些話，還親自寫進了小說裡。

爲什麼靜子及智世都作了噩夢，買家的女兒卻沒有？關於這一點的理由，當初我和榊討論時，我們首先都想到了可能是外貌因素造成的差異。但由於靜子及智世不管是五官、身高及髮型都截然不同，因此我們很快就排除了這個可能性。

然而至少以髮型而言，在靜子作噩夢的那段期間，髮型與智世是頗爲相似的。

靜子是「細波浪的長髮」，智世則是「包含劉海在內的頭髮都編成了一條條細辮子，這些細辮子又被束在一起，在頭頂上綁成了包包頭」……假如將辮子解開，不就是類似細波浪的髮型嗎？

換句話說，靜子與智世的髮型恰巧都與那個算命師相近，而第四篇裡的噩夢只會對靜子及智世造成危害。

根據這些現象，或許我們可以作出這樣的推論……

算命師在那場噩夢裡不是發動攻擊者，而是遭受攻擊者。

存在於噩夢中的那個女人，極度憎恨那個算命師。她將靜子及智世誤認爲算命師，因而發動了攻擊。

當初靜子曾說了一句「我在夢中的房間裡看到了一些符紙，裡頭有些似乎是我後來向附近的神社及靈媒求來的」。她還根據這一點，認定那是「發生在未來的景象」。但如果「靜子及智世遭誤認爲算命師」的推論正確，或許那些景象根本不是發生在未來。

眞相或許更加單純得多。

那棟房子曾經是噩夢裡的女人的家。女人因爲某種煩惱而向附近神社及靈媒求助，就像後來的靜子一樣。但是女人的狀況並沒有好轉，最後她失去了生命。因爲這個緣故，她心中極度憎恨那個無視於自己的求助、不肯伸出援手的算命師……不，也有可能是狀況沒有好轉讓她開始懷疑算命師的能力，因而遭到了來自算命師的懲罰，失去寶貴生命。就像在旅行途中慘遭祝融而喪生的平田。

不論眞相爲何，可以肯定的一點，是這五篇故事都被一條絲線串聯在一起。

當然，也有可能只是看起來彷彿有一條絲線而已。其實一切都是單純的偶然，只因爲我和榊太過異想天開，才會誤以爲看見了串聯起一切的絲線。

到頭來，既然靈異現象是一種超越凡人智慧的現象，嘗試以常理強加解釋也只會產生一些空泛的推論，永遠沒有辦法得到明確的答案。

但也正因爲如此，我沒有辦法強迫自己相信那一切只是偶然。我知道只要當一切只是偶然，心情就會輕鬆不少。但就像滴在白紙上的小小汙點一樣，再也無法完全抹除。

那也是一種懷疑……一旦開始懷疑，就無法將懷疑完全從心中移除。

即使如此，我還是期待著榊能夠在大笑聲中否定我所擔憂的一切。

可惜直到二〇一八年五月的這一刻，我還是無法與榊取得聯絡。

佐21／神樂坂怪談

原著書名／火のないところに煙は
作　　者／蘆澤央
原出版者／新潮社
翻　　譯／李彥樺
編輯總監／劉麗真
責任編輯／張麗嫻
總 經 理／陳逸瑛
榮譽社長／詹宏志
發 行 人／涂玉雲
出 版 社／獨步文化
城邦文化事業股份有限公司
104台北市中山區民生東路二段141號5樓
電話：(02) 2500-7696　傳真：(02) 2500-1967
發　　行／英屬蓋曼群島商家庭傳媒股份有限公司
城邦分公司
104 台北市中山區民生東路二段141號2樓
網址／www.cite.com.tw
讀者服務專線／(02) 2500-7718；2500-7719
服務時間／週一至週五：09：30～12：00　13：30～17：00
24小時傳真服務／(02) 2500-1900；2500-1991
讀者服務信箱E-mail／service@readingclub.com.tw
劃撥帳號／19863813
戶名／書虫股份有限公司
香港發行所／城邦（香港）出版集團有限公司
香港灣仔駱克道193號號1樓東超商業中心
電話／(852) 2508-6231　傳真／(852) 2578-9337
E-mail／hkcite@biznetvigator.com
馬新發行所／城邦（馬新）出版集團
Cite (M) Sdn Bhd
41, Jalan Radin Anum, Bandar Baru Sri Petaling,
57000 Kuala Lumpur, Malaysia.
Tel: (603) 90578822
Fax:(603) 90576622
email:cite@cite.com.my
封面設計／蕭旭芳
印　　刷／前進彩藝有限公司
排　　版／陳瑜安
●2020年（民109）6月初版
售價320元

ISBN 978-957-9447-74-4

國家圖書館出版品預行編目資料

神樂坂怪談／蘆澤央著；李彥樺譯. –初版. – 臺北市：獨步文化，城邦文化出版：家庭傳媒城邦分公司發行，民109.06
面；　公分. --（佐；21）
譯自：火のないところに煙は
ISBN 978-957-9447-74-4（平裝）

861.57　　109006092